MIGUEL RUIZ POÓ

MARACAIBO TAL VEZ

SAMARCANDA

Maracaibo tal vez

ISBN: 9788416953912
E-book: 9781524303167

Producción editorial: Lantia Publishing S.L.
Plaza de la Magdalena, 9, Planta 3, 41001, Sevilla
www.lantia.com
IMPRESO EN ESPAÑA-PRINTED IN SPAIN

A J.G., que me contó su historia.

A los Cenzontles, que me ayudaron a contarla.

A M., mi primera lectora.

«...aquellos días fueron como un dilatado aterrizaje en paracaídas después de un largo vuelo espacial.»

2666
Roberto Bolaño

Día 1

Galván

Sabores Marabinos

Dentro de pocas horas me encontraré caminando por los aires rumbo a Maracaibo pasando primero por Caracas. Después de quince años vuelvo a mi tierra natal para presentar los últimos proyectos de nuestra editorial.

Libros como *Corazones Imprecisos, Piernas de Agua* o el último trabajo del maracucho Walter Patiño *Carrito de Helados*. Les recuerdo que podrán seguir en *streaming* todas las intervenciones del II Festival de Poesía de Maracaibo en la sede de nuestra editorial, que además coincidirá con nuestro maratón de la noche en blanco, día en el que abriremos durante 24 horas.

Pero no sólo de poesía vive el hombre (ni Venezuela), por eso quiero hablar de cualquier otro tema relacionado con este país bañado por el mar Caribe y puerta de entrada del Amazonas. Pero vamos a concentrarnos, de lo que quiero hablar hoy es de la comida del estado Zulia y en especial de Maracaibo.

Sin entrar mucho en detalles la comida marabina —como casi toda la cultura venezolana— está altamente influenciada por las culturas europeas (fundamentalmente portuguesa, italiana y española), la africana (procedente del comercio de esclavos abolido en 1821) y la indígena compuesta por diversos grupos étnicos como los Yanomamis, Chibchas, Caribes, entre muchos otros.

Fruto de esta mezcolanza nace toda una cultura gastronómica —y cultura en general— muy exótica, colorista, rica en mestizaje y sobretodo en sabor, con una gran paleta de sabores que van desde lo sutil hasta casi lo violento.

Además de estos tres elementos antes referidos —africano, europeo e indígena— por su situación geoestratégica a la comida marabina hay que añadirle un elemento más: el mar y el lago que dominan fenomenológicamente la ciudad.

Entre sus elementos referenciales la cocina zuliana tiene el coco, el plátano, el pescado y las carnes propias de la región como parte importante de sus recetas, pasando por el famoso tostón o patacón que no es más que trozos aplanados fritos de plátano verde con distintos acompañamientos y salsas picante o rosa.

Otros platos llamativos son la cazuela marinera, el chivo, el mojito o la iguana en coco, escabeche costeño, macarronada zuliana, yoyós de plátano. También están los postres como huevos chimbos, mandoca, dulce de limonsón, dulce de paledonia o de icaco.

Invito a nuestros colegas a enviarnos las recetas de todos estos sabrosos platos y las iremos publicando entre poema y poema. Yo también iré colgando restos de poemas y de manjares en cuanto pueda y desde el mismísimo Maracaibo.

Salud y poesía para todos.

Nadezka

Atracan a poeta español en Maiquetía

Varios sospechosos aún sin identificar aprovecharon la confusión generada por el apagón en la Gran Caracas para desvalijar al poeta español Juan Galván. Su participación en el II Festival de Poesía de Maracaibo está en el aire.

Los fallos en el suministro eléctrico eran continuos, durante horas esta mañana el Aeropuerto Internacional de Maiquetía estuvo bajo servicios mínimos. Entre el desconcierto y la confusión el poeta y editor sevillano Juan Galván visitaba nuestro país rumbo al II Festival de Poesía de Maracaibo.

Su aventura se torcería muy pronto. Perdió su conexión con destino Maracaibo. Una de las largas colas de la Terminal Nacional se sobresalta, un turista bracea, acaba de ser robado y está franqueado por dos uniformados de la Guardia Nacional.

Había perdido su dinero, su documentación, hasta su identidad y su orientación y en vez de recibir auxilio de las fuerzas de seguridad del Aeropuerto fue tratado, según testigos oculares, como un maleante más.

Al parecer en un descuido, alguna de las bandas que campean a sus anchas por el Aeropuerto, le sustrajeron de su mochila todas las pertenencias de valor. Sólo dejaron los libros que traía el poeta.

La última vez que lo vieron se dirigía al puesto de mando acompañado por dos efectivos de la Guardia Nacional que lo azoraban ¿Quién es usted? ¿Dónde está su documentación? ¿Hasta cuándo se va a quedar?

Triste regreso

Walter Patiño, presidente del Movimiento Poético de Maracaibo, sigue esperando al poeta hispano-venezolano que abrirá el II Festival de Poesía de Maracaibo, con la presentación de distintos libros de su editorial y la lectura de poemas.

Según Patiño «es el regreso más triste» para Galván, que después de varios años buscaba reencontrarse con su patria natal y disfrutar con la literatura contemporánea venezolana.

Sin embargo no es un caso aislado en una ciudad como Caracas, en la lista de las más peligrosas del mundo, y en un país como Venezuela con el triste récord de 28.000 asesinatos en el último año.

Perozo

Nadezka Álvarez tiene un amplio historial contrarrevolucionario. Inició su carrera en el diario *Notitarde* edición Valencia y en un principio se dedicó exclusivamente a sucesos. Estuvo deambulando unos meses entre atropellos, ajuste de cuentas y robos con agresión y posteriormente tuvo un paso breve por el *bloque De Armas* en donde colaboró de forma fugaz en distintas entrevistas a los jugadores del Magallanes y en la elaboración de diversos materiales deportivos. De ahí dio el salto a Globovisión en donde realizó distintas suplencias hasta que finalmente se hizo con una corresponsalía para la redacción Carabobo-Aragua.

Hasta aquí todo normal, pero es entonces cuando desaparece del mapa. Amigos y compañeros de aquella época la ubicaban en España acompañando a su novio hijo de gallegos. Sin embargo, reaparece de forma triunfal un año después en *el Nacional* y para todo el país. Nadezka Álvarez, alias Marvelis Rincón, estuvo un año infiltrada en el colectivo 23 de enero.

Se hizo pasar por ciudadana colombiana. Miembros del colectivo en un principio sospecharon pero comentaban que «el acento le salía muy bien». El contenido de los artículos es de sobra conocido, publicados casi todos los días de los meses de mayo, junio y julio del año pasado y narran los entresijos del colectivo, distintas historias más o menos verídicas, más o menos pintorescas de algunos de sus líderes y de los distintos cuadros de mando que llegaban hasta lo más alto en la persona del Presidente-Comandante.

Armas, narcotráfico, corrupción, guerras internas y entre colectivos, son los principales reclamos en las crónicas que firma Nadezka y que mantuvieron en vilo a gobierno y oposición durante algunos meses.

La financiación de esta operación apunta al propio periódico sin embargo coincide en espacio temporal con el patrocinio de la Oficina de Intereses Norteamericanos de una serie de ciclos-conferencias llamados Democracia y Salud organizadas por el propio periódico y que incluían desayunos divulgativos. Las facturas de muchos de los eventos están a primera vista infladas, y en algunos casos no coinciden en fechas con ningún tipo de evento público organizado por el periódico.

Desde entonces Nadezka se ha convertido en el azote público número uno del gobierno. Ha tenido que dejar el trabajo de campo, ya que los colectivos —y no sólo el 23 de enero— han jurado venganza y actualmente escribe desde su domicilio de Altamira en una urbanización privada fuertemente vigilada. Allí realiza su columna de opinión cada dos días para el Nacional y sólo se desplaza una vez al día por la mañana para acudir a RCN RADIO donde colabora con el programa «Que hay de lo mío», ampliamente conocido a nivel nacional.

Su artículo sobre Juan Galván es su primer «trabajo de campo» desde que destapó el escándalo «barrio adentro».

#todossomosjuangalvan

Milagros Socorro @milagrosSocorro

El poeta @jgalvan, invitado al Festival de Poesía no pudo llegar a Maracaibo porque fue atracado en Maiquetía durante el apagón

Milagros Socorro @milagrosSocorro

El robo al poeta @jgalvan ocurrió, en aeropuerto Maiquetía, día del apagón, después de que funcionarios Aduanas le confiscaran los libros.

Nadezka Álvarez @nadezkaal

@jgalvan la última víctima de la inseguridad ¿sabes cuantos robos se producen en el *#aeropuertodecaracas*? owl.li/rjBfM

Rojito @rojorevolucion

El poeta @jgalvan se encuentra camino al festival de Maracaibo donde desmentirá las versiones sobre robo de la Guardia Nacional *#novolveran*

El Universal @eluniversal

Los robos en *#maiquetia* se incrementan un 40% desde reubicación de damnificados *#misionvivienda* owl.li/rjBfM

II Festival de Poesía de Maracaibo @FPM

Cancelada la presentación de Walter Patiño dado los penosos incidentes de @jgalvan en Caracas, *#saludypoesia*

Galván

Todo esto empezó cuando conocí a Walter Patiño. Realmente primero conocí a *Carrito de helados*, su primer y único poemario o más bien un extracto de su primer y único poemario. Fue el resultado de una búsqueda en *google* algo así como, o más bien exactamente «deconstrucción en la poesía venezolana». Sí, a eso me dedico a veces.

El caso es que apareció este libro y algunos de los poemas allí contenidos como *la parchita era una fruta* o *chicha y batir* que hablaban sobre una mujer. En sí todo el poemario hablaba de una chiquita de falda, sólo que estaba tan deconstruido, o digamos desestructurado, que no pude enterarme muy bien de lo que iba todo aquello. Y me gustó.

Los poetas de hoy hablan del problema del lenguaje, de los tópicos, de las palabras gastadas, de lo naif, de que la poesía no tiene que hablar sobre el amor. Siguen hablando sobre tal o cual cosa, que si el realismo, la poesía social, etc. Sin embargo, todos terminan hablando de amor y algunos se atreven hasta con el sexo, la mayoría de las veces con torpes resultados. Alguien besó, se enamoró y al tiempo escribió algo.

El caso es que ahí estaba el extracto del maracucho Walter Patiño, Premio Nacional de Poesía Joven de Venezuela y su *Carrito de Helados*. Le escribí. Me gustaba su libro (de momento los tres primeros poemas que había leído), quería ver más si era posible (preferiblemente un pdf o un formato e-book) y estaba dispuesto a una reedición o reimpresión en España (unos ciento cincuenta ejemplares para empezar o quizás para terminar) tengo una editorial (pequeña) y quería ver la posibilidad y disposición (que si tenía comprometido el libro y si aceptaba un ocho por ciento por propiedad intelectual).

El libro no estaba comprometido, me dijo, estaba dispuesto a reimprimir (acepta el ocho por ciento) y que le hacía mucha gracia poder publicar en España. Me mandaba el libro en pdf y podía, si quería, imprimirlo tal cual. Todo eso me dijo.

Pero también me dijo, y esto no era una propuesta, sino algo así como la formulación de un sueño, que renunciaba al ocho por ciento y a cualquier tipo de regalía si yo iba a Venezuela a presentar el libro. Es más, me invitaba formalmente, incluyendo la estancia y alguna comida e incluso llegó a hablar de la belleza de la mujer venezolana y esas cosas, al II Festival Internacional de Poesía de Maracaibo.

Le dije que conocía Venezuela, de hecho era venezolano, pero que hacía mucho tiempo que no iba. Le dije que era una idea totalmente descabellada y que por eso me gustaba, que desde ya estaba mirando billetes para esas fechas y que si me recomendaba algún itinerario.

Me preguntó si me daría tiempo a imprimir el libro (prácticamente no tenía ningún ejemplar de la primera edición) y que en caso afirmativo lo más fácil era una conexión directa Madrid-Caracas Caracas-Maracaibo, que le enviase el itinerario de viaje para esperarme con los brazos abiertos. Caracas mejor ni pisarla, me dijo, aquí te sacamos de paseo, me dijo.

Nadezka

Poeta español en paradero desconocido

Desde que vieran al poeta Juan Galván salir de Maiquetía las informaciones sobre su paradero han sido contradictorias. Fuentes cercanas aseguraron al periódico que se encontraba rumbo a Maracaibo, sin embargo, los organizadores del II Festival de Poesía de Maracaibo han desmentido que se encuentre en tierras marabinas.

Continúa el misterio en torno a la llegada al país del poeta español Juan Galván. Si esta mañana les informábamos del asalto al poeta y editor en las instalaciones del Aeropuerto Simón Bolívar, ahora debemos informar de su desaparición.

Fuentes de la Guardia Nacional afirman que el poeta abandonó el recinto aeroportuario después de denunciar el robo de su valija de viaje, su documentación y de todo el dinero en metálico del que disponía. Según el relato policial el poeta habría entrado en Caracas sobre las 12.30 hora local. Los agentes no tienen constancia de que haya subido a ningún vuelo con destino a Maracaibo.

Un cúmulo de despropósitos

La reconstrucción de los hechos indica que el viaje del poeta comenzó a ir mal desde el inicio. Un retraso de dos horas en el vuelo de origen Madrid-Caracas provocó que tanto el poeta como muchos otros viajeros perdieran el puente nacional con destino Maracaibo.

Mientras Juan Galván intentaba solucionar su situación y en un momento de distracción uno o varios individuos sustrajeron de la mochila de Galván todas sus divisas y la documentación. Todo esto sucedía durante el gran apagón que asoló a Caracas a lo largo de toda la mañana.

Al parecer, al intentar denunciar los hechos, Juan Galván fue retenido y sometido a un interrogatorio de cerca de dos horas para aclarar los hechos. El poeta se encontraba sin dinero para poder completar su trayecto y sin documentación para llevarlo a cabo.

Una triste realidad

Aproximadamente 144 personas han sido detenidas este año por la Guardia Nacional Bolivariana (GNB), por presuntos hurtos de equipaje y otros delitos registrados en el Aeropuerto Internacional Simón Bolívar de Maiquetía, en el estado Vargas (Venezuela).

Perozo

Podemos estar ante una nueva operación de la Agencia de Estados Unidos para el Desarrollo Internacional (USAID) y sus distintas filiales para ingresar por medio de Galván en los movimientos sociales y culturales venezolanos y así crear un movimiento contracultural y contrarrevolucionario que desestabilice el gobierno.

Galván, al que llaman poeta pero del que sólo tenemos constancia como editor, podría ser un agente o podría estar patrocinado por la USAID o algunas de sus organizaciones fantasma con el fin de influir en las publicaciones literarias de nuestro suelo patrio y comandar una corriente cultural contraria a la revolución bolivariana.

De momento no tenemos pruebas físicas de conexión alguna entre Galván y la USAID, sin embargo, el revuelo que ha causado el caso de este editor y la cobertura mediática realizada por medios auspiciados por las oficinas de la USAID y visiblemente hostiles al gobierno nos pueden dar la clave o al menos el indicio de sospecha sobre las verdaderas intenciones de Galván y su particular regreso a Venezuela.

No es la primera vez que las oficinas de supuesta cooperación económica y/o humanitaria de Estados Unidos de Norteamérica interfieren en los asuntos internos y/o conspiran para desestabilizar el gobierno mediante estas tretas. Tenemos innumerables casos de blogueros y periodistas supuestamente independientes que trabajan a sueldo de intereses imperialistas.

Pero el imperio tiene también un amplio historial en la infiltración y agitación desde adentro con el fin de soliviantar a movimientos juveniles y entrelazados con la cultura. Nuestros compañeros de la inteligencia cubana tienen un amplio dossier sobre estas prácticas.

No olvidemos el caso de los raperos en Cuba. El cabecilla de esta operación fue Nico Luksic de origen croata, especialista en organización de festivales musicales y manager musical. Su objetivo en colaboración con la USAID era infiltrarse en el ambiente musical de La Habana, concretamente en los circuitos de rap. Una vez dentro, se dedicó a promover y patrocinar los discos de los raperos emergentes y manipularlos para que sus letras fueran manifiestamente críticas con el sistema cubano.

Bajo una sociedad fachada de la USAID, Luksic comienza con la tarea de reclutamiento logrando tocar a las principales voces del hip-hop cubano, entre otros Anika, El Negro Primero y el gran Simón. Estos y otros chicos eran verdaderos representantes de la música cubana contemporánea y tenían gran aceptación del público en general. Muchos de ellos ni siquiera tenían conocimiento del complot y creían realmente en ir hasta el final con sus letras por un supuesto interés comercial.

Los sueños de Luksic y de la USAID se vieron truncados muy pronto, no pasaron del primer concierto en la Habana. Durante el transcurso del mismo, las fuerzas del orden cubanas cancelaron la intervención del Gran Simón y disolvieron al público.

Actualmente, Nico Luksic se encuentra en prisión junto a sus socios cubanos. Muchos de los músicos involucrados en los conciertos viven hoy día en Miami.

Debemos ser prudentes con el caso Galván, ya que podemos estar ante un instigador muy parecido a Luksic, que desde el ámbito literario y académico quiera propiciar un tiempo nuevo y contrario a los intereses de la revolución bolivariana.

Debemos estar prevenidos e intervenir las comunicaciones de Galván a como dé lugar. Podría mantener algún tipo de comunicación con la USAID o cualquier otro grupo pro-imperialista Europeo.

No es descabellado pensar en estas hipótesis cuando todos los datos apuntan a una actuación encubierta. Hay que estar muy pendientes de cada una de las palabras de Galván ya que podría estar usando lenguaje cifrado.

Según el caso «hip-hop», llevado a cabo en Cuba por la USAID, frases corrientes pueden tener un significado distinto y para esto la poesía abre un campo inimaginable y muy difícil de indexar.

El caso de los raperos señalado anteriormente puede incluirse dentro de una macrooperanción bautizada por la USAID como «Jóvenes Viajeros» cuyos objetivos según la misma agencia perseguían fines humanitarios.

La operación en realidad envió a jóvenes venezolanos a Cuba, aprovechando la buena relación entre ambos países, con la esperanza de que incitaran en secreto a una rebelión.

Los jóvenes trabajaron a menudo haciéndose pasar por turistas, y viajaron alrededor de la isla buscando personas que pudieran reclutar y convertir en activistas políticos.

Dentro de los programas desarrollados en Cuba se encuentra también el de talleres de creación de teatro y poesía que al estilo del caso «raperos» buscaba fomentar por medio de la palabra una actitud contrarrevolucionaria en los jóvenes que fueran más impresionables. Estos talleres estaban claramente enfocados a vilipendiar los logros de las administraciones locales y ensalzar los valores proimperialistas.

Dentro de esta estrategia podrían estar enmarcadas las acciones que tiene previstas Galván en el Festival de Poesía de Maracaibo.

Walter Patiño, principal contacto de Galván en Venezuela, coincidió con uno de estos programas de talleres literarios formando parte de la delegación venezolana que visitó la isla. Dentro del programa, que hoy día puede consultarse en internet, aparecen temas tan sugerentes como «palabra y transformación social», «leer la poesía, vivir la poesía», «acción poética callejera» o «de la palabra a la acción».

En estos momentos de crisis y descontento social debemos tener una visión macro para operaciones en Venezuela, por lo que se deben estudiar a fondo las implicaciones del caso Galván en redes sociales e identificar a los posibles agitadores virtuales para desmontarlos y mantenerlos a raya.

#todossomosjuangalvan

El Nacional @elnacional

Misterio en torno al caso del poeta @jgalvan actualmente en paradero desconocido owl.li/rjBfM

Chepina @chepacandela8

La Guardia Nacional confiscó libros y dólares a @jgalvan en la aduana del *#aeropuertodecaracas,* contra el robo de Estado *#niunpasoatras*

Rojito @rojorevolucion

Esperando a poeta @jgalvan que en breve desmontará todo el teatro de la oposición *#novolveran*

Milagros Socorro @milagrosSocorro

No nos callaran, libertad para el poeta @jgalvan última víctima de la *#robolución #saludypoesia*

Rojito @rojorevolucion

Enredando con @jgalvan fue visto por última vez en Caracas vivito y coleando así que déjense ya de guachafitas *#saludypoesia #novolveran*

Rojito @rojorevolucion

Triste el día en que los poetas son esbirros del imperio, queriendo escuchar a @jgalvan a ver cuál es el güiro *#saludypoesia*

Milagros Socorro @milagrosSocorro

@rojorevolucion a @jgalvan no lo robó ni el imperio, ni AD, ni Copei, fueron los guardias nacionales ¿o cubanos? Apostados en *#maiquetia*

II Festival de Poesía de Maracaibo @FPM

El II FPM sigue adelante esperando que el poeta @jgalvan pueda venir pronto, aquí el programa owl.me/rnMhT *#saludypoesia*

Galván

¿Tu nos estás grabando chamo? ¿Tu qué quieres que te dé candela o qué? Aquí se empezó todo a torcer. Aunque ya se había torcido desde antes, desde apenas salir de Madrid con retraso, pero eso era otra historia.

En la sala de espera de la guardia del aeropuerto Simón Bolívar y un enchufe y el *smartphone* que empieza a cargar y sonrío porque por fin algo sale derecho, la barrita cargándose y el simbolito del rayo anunciando que el transformador 220-140 vatios que compré en España funciona aquí. Y más adelante poder llamar a la familia y decirle que todo no va tan bien pero que estoy vivo, que ya nos veremos cuando el avión esté de vuelta después de Maracaibo, después del recital, después de recuperar la documentación o algo que alumbre un poco el panorama.

Los guardias estaban sentados en el despachito con los pies cruzados y apoyados en la mesa chateando con sus teléfonos móviles —enseñándose vídeos, fotos guarras y un amplio etcétera dentro de esta clasificación— estaban totalmente fuera de mi alcance y yo solo veía la pantalla apagada y el simbolito de un rayo atrapado en una pila.

Quizás la comida me ayudara más adelante. Mi última comida fue en el avión, ñoqui cuatro quesos, en esas bandejitas extrañas que caben perfectamente en la mesita plegable del avión. La comida es un lugar feliz, por eso quizás enumeré todo lo que comería cuando se acabase el calvario: raspaos, chicha (jugo de arroz), papelón con limón, perros calientes, hamburguesas, arepas, cachapas, empanadas, jugos, frutas cogidas directamente del árbol: mamones (tienen un componente lúdico y adictivo), dos peritas de agua (menos adictivas y lúdicas), cuatro mangos, uno de ellos verdes con sal (poco recomendado para el estómago).

De fondo pasaban las conversaciones intrascendentes y de cuartel de los dos guardias nacionales, mi vista fija en la pantalla apagada del teléfono y un rayo atrapado en el dibujo de una pila.

Quizás por la emoción de recuperar el teléfono, quizás por mí media sonrisa, quizás por mi abstracción gastronómica, no advertí que uno de los guardias se había levantado y estaba casi a mi lado, no pude retener la frase completa que me decía ¿Tú nos estás grabando chamo? ¿Tú qué quieres que te dé candela? que venía acompañada de un bofetón con la mano abierta y con fuerza. La mano estalló en parte de mi oreja, cogió también la patilla despeinada y parte de la cabeza y muy suave —casi imperceptible— fue a terminar en la mejilla.

Caí al suelo, el móvil se salvó de milagro, rebotó en la bota acolchada y brillante del guardia y volvió a mí, fue entonces al ver una media sonrisa en su bigote cuando me di cuenta que las cosas estaban realmente mal.

Nadezka

Apuntes para el reportaje de Maiquetía.
SALE EL FIN DE SEMANA.

En el Aeropuerto Internacional Simón Bolívar fuerzas del orden han desmantelado cerca de 45 bandas delictivas dedicadas al secuestro, hurto de equipaje y bienes a los pasajeros, así como de piezas automovilísticas en los estacionamientos. HABLAR CON EL EQUIPO DE SEGURIDAD DEL AEROPUERTO.

Entre los casos más insólitos del aeropuerto está el robo de una perrita bulldog inglés de nombre Canaima, que se convirtió en *trending topic* en Twitter. La perra sigue desaparecida, fuentes del aeropuerto dicen que "se ha esfumado". A su dueño le ofrecieron dinero en bolívares para compensar la pérdida. CONSEGUIR EL TELÉFONO DEL DUEÑO DE LA PERRITA. LLAMAR A FRANCIS DEL CORREO DEL ORINOCO.

Ricardo Cocciola, alcalde del municipio Guacara, en el Estado Carabobo, denunció en enero el robo de su equipaje cuando se dirigía a Puerto Ordaz. LLAMAR AL ALCALDE.

Los pasajeros de la aerolínea Conviasa con destino a Maracaibo denunciaron en redes sociales el robo masivo de equipajes en la correa 4 del Aeropuerto Internacional Simón Bolívar. Según los comentarios las maletas estaban revueltas y el robo había sido selectivo. BUSCAR TUITS.

Robos a taxistas, vendedores ambulantes, pasajeros, trabajadores mismos del aeropuerto violentados por motorizados en la plaza Bolívar del aeropuerto. HABLAR CON TAXISTAS, TAXI LEGAL vs ILEGAL.

Los autobuses que salen del aeropuerto con el cupo de pasajeros completo son abordados por hombres fuertemente armados que se dedican a robar todo tipo de pertenencias a los incautos pasajeros. Les recomiendan que tapen fuerte sus ojos, «como jugando a la gallinita ciega», para no sufrir ningún daño.

HABLAR CON CONDUCTORES DE LA RUTA.

Consejos de la oficialidad:

El Instituto Nacional de Aviación Civil emitió las siguientes recomendaciones generales y de seguridad, que son entregadas a viajeros cuando llegaban al aeropuerto:

—Sea discreto en el uso de joyas y prendas de vestir que realcen su imagen. Trate de mantener el bajo perfil.

—Tome taxis formales y debidamente identificados por una compañía de taxis.

—Sólo haga cambios de moneda en establecimientos formales.

BUSCAR A GALVÁN HASTA DEBAJO DE LAS PIEDRAS.

Perozo

Al que desde Maracaibo llaman poeta Juan Galván, no se le ha identificado aún la autoría de ninguna obra poética registrada, al menos con su nombre. Tampoco se le conoce seudónimo alguno.

Se han realizado búsquedas pormenorizadas en los bancos de datos de ISBN, profusamente en internet y en cerca de 100 páginas españolas de referencia e indexaciones de librerías y bibliotecas sobre publicaciones.

Todas estas búsquedas han resultado negativas, de este forma no podemos confirmar —aunque tampoco desmentir categóricamente— que Juan Galván sea poeta, o al menos que como anuncian en el II Festival Internacional de Poesía de Maracaibo «uno de los poetas más activos e interesantes del panorama andaluz».

Las pesquisas nos han llevado a buscar distintos seudónimos o alias con los que Juan Galván pueda llevar a cabo su actividad literaria y/o subversiva. Incluso se ha llegado igualmente a barajar la hipótesis de que sea el «negro» o escritor fantasma (en el argot literario a quien se contrata para escribir obras sin recibir oficialmente los créditos por tales) de algún escritor ampliamente opositor.

Ambas figuras, seudónimo y/o negro, podrían ser la fórmula perfecta para trabajar desde el anonimato en una obra poética que tienda a la subversión en sí misma y que oculte mensajes que puedan ser descifrados por los *contra*.

Entre los seudónimos que se barajan están el de Marcel Agüera con dos o tres libros de poesía en su haber (aunque es prosa, algunos críticos lo califican como prosa poética, también podrían ser relatos cortos a modo de instantáneas) y una novela en teoría postmodernista, en teoría fragmentaria, en teoría coral, en la práctica difícil de leer, en la que se describen a distintos personajes y sus aventuras suburbanas. Esta novela llamada *Robinson Cruzó y lo atropelló un taxi* está publicada en la editorial de Galván y su obra en formato electrónico ofrece distintos «contenidos adicionales únicos» que se envían de forma individualizada a cada comprador.

Estos «contenidos únicos» podrían también ser utilizados a modo de mensajes subversivos o crípticos según y quién compre el libro.

Desde nuestro departamento se han realizado tres compras de la obra y se ha realizado un ataque previo a los servidores de la editorial.

Con las compras de la obra *Robinson...* no se consiguió mucho, descubrimos que nos enviaron siempre un mismo texto a modo de Epílogo en el que se describe en primera persona a un personaje que en teoría es el protagonista de la novela.

El ataque a los servidores de la editorial desde el punto de vista de la operación tampoco resultó beneficioso. Hemos descargado una gran cantidad y variedad de obra electrónica en formato Mobi o Epub que hemos incorporado a la biblioteca general del cuerpo.

Sin embargo, hemos realizado una primera búsqueda virtual en todo este material (cerca de mil doscientas obras) pero no parece que haya ningún documento que pueda implicar a Galván en ningún acto delictivo. Posiblemente los documentos más comprometedores estén alojados en un servidor privado con mayores medidas de seguridad o en equipos individuales no conectados a red.

Otra de sus posibles mascaradas podría ser Antonella Baricelli. Aunque sí se ha podido confirmar la existencia y la veracidad como persona real de esta poetisa, responsables de análisis textual comentan el sin sentido del poemario *Mapas Imprecisos* que además incluye diversos mapas de la ciudad de Sevilla en los que se marcan distintos puntos «emocionales» de una poeta-ciudad. Estos mapas superpuestos en el área metropolitana de Caracas, señalan distintos puntos que podrían ser utilizados como pisos francos por la resistencia.

Por esta razón se puede pensar que Antonella Baricelli y su poemario es un simple vehículo para los mensajes crípticos de la oposición golpista.

Al menos uno de los pisos coincidente en la superposición pertenece al Bloque de Armas, y dos están alquilados y forman parte de una empresa inmobiliaria relacionada con la empresa alimentaria Fresco, que a su vez está participada por el Bloque de Armas.

Otro de los puntos coincide (no exactamente pero en uno de los puntos) con la sede del partido de oposición Primero Patria.

Otro de los puntos coincide con una pensión llamada Covadonga que actualmente está en proceso de investigación.

#todossomosjuangalvan

Rojito @rojorevolucion

Nadie te cree ya @milagrosSocorro eres un despojo, hasta cuando chica, quítate esas cadenas y se libre *#novolveran*

Chepina @chepacandela8

Confirmado mañana en @elnacional la guardia nacional confiscó los libros y desaparecieron los dólares de @jgalvan

Rojito @rojorevolucion

Por qué no se habla claro que @aporrea entreviste a @jgalvan y se ponga objetividad en el caso del falso poeta *#saludypoesia #novolveran*

Aporrea @aporrea

Invitamos desde esta y otras plataformas a @jgalvan para entrevista verdadera en nuestro medio y no panfleto @elnacional

El Nacional @elnacional

Los de @aporrea son muy mordaces y siempre tienen la sartén por el mango, además del dinero del gobierno

Aporrea @aporrea

si @nacionaltv y @elnacional tienen muchas causas abiertas por difamación y tienen al pueblo contento así que ojito @rojorevolucion

El Nacional @elnacional

@aporrea @rojorevolucion ¿no entienden que las coacciones y las amenazas nos hacen más fuertes?

Milagros Socorro @milagrosSocorro

@elnacional el pueblo te apoya en tu lucha por la información y en tu lucha contra la *#robolución #saludypoesia*

Rojito @rojorevolucion

No entiendo a qué pueblo se refiere @milagrosSocorro ¿al que bebe whisky de 24 años en su terraza?

Milagros Socorro @milagrosSocorro

@rojorevolucion hablo del pueblo que no tiene wisqui, ni luz, ni pollo, ni harina, ni papel toalé, gracias a la *#robolucion*

rojito @rojorevolucion

@milagrosSocorro te invito al mercal donde come y compra el pueblo libre el pueblo que ha salido de la pobreza con la #revoluciondelsiglo21

Aporrea @aporrea

@nacional @nadezka Nosotros no amenazamos ni advertimos, les explicamos cómo hacer periodismo y les indicamos que el pueblo no es tonto

El Nacional @elnacional

@aporrea @rojorevolucion léanse nuestro manual de estilo para que aprendan a hacer periodismo y no propaganda okh.li/tnPmT

Aporrea @aporrea

@nacional @nadezka aquí si pueden ver muestras de un verdadero análisis periodístico *#existerealmentejuangalván?* ptsa.re/qdUGF

Nadezka Álvarez @nadezkaal

Les respondo en mi próximo artículo @aporrea *#todossomosjuangalvan* periodismo de verdad desa.re/Zxvsr

Galván

Siempre me dijeron que teníamos un ritmo propio, que podíamos ir pisando huevos o que podíamos girar la esquina y correr pero a nuestro ritmo. Eso se me había olvidado. Lo recordé apenas bajar del avión con cuatro horas de retraso. Explicaciones vagas de pistas y climatología que en nada podían ayudar al puente aéreo Caracas-Maracaibo que acababa de perder.

Pensar en alquilar un coche o comprar otro billete de avión, pensar en cambiar dólares a bolívares, pasando primero de euros a dólares ¿o será mejor de euros a bolívares? Ver los cambios oficiales y preguntar a los maleteros a como está el cambio en negro sin levantar muchas sospechas. Ver como a uno y a otro se le alumbran los ojos cuando pregunto por el cambio paralelo, ver como miran la mochila de reojo y hacen cuentas secretas.

Reclamar pero en balde y para qué. Era culpa de Iberia decía la chica de información, era culpa de Aviansa y el tráfico del Aeropuerto Simón Bolívar decía la chica de Iberia, el caso es que un formulario, hacer la reclamación por escrito y en caso favorable el seguro aeroportuario pagaría en treinta días el importe del billete del puente aéreo. Ojo con la mochila.

Cambiar algo de dólares para calderilla en la ventanilla oficial y llamar a Maracaibo, Walter Patiño diciendo al otro lado del teléfono «que cagada won» y yo viendo aún el crédito que se va consumiendo en la pantallita del teléfono público y Walter que quizás conozca alguien en Caracas pero que mejor tire pa' allá como sea. Me dice «ojo con la plata won» me dice «cuidado en Maiquetía muchacho».

Mirar a un lado y a otro y acercarme al único mostrador de *Hertz*, para enterarme que no hay coche o carro ninguno y que hablara con el jefe a ver si algo podía hacer por mí y la muchacha morena-morenita con la frente sudada que se abanica y dice «que me miras mi amor, ya te dije que no había». ¿Autobús, tren? «no te lo aconsejo papi, pa empezar trenes no hay y el autobús son quince horas y hay que bajar primero a La Bandera». ¿Tren a la Bandera? «no, lo que hay es autobús y cuidado donde te montas. Mejor un taxi chamo, pero el oficial o sino ten cuidado donde te montas».

Medir los riesgos de cualquier aventura y pensar en llamar a España, pero está tan lejos, a miles y miles de kilómetros y era más fácil hacer Madrid-Caracas que Maiquetía-Caracas.

Y cruzar la terminal internacional para ir a la nacional siguiendo la línea amarilla. Pero cuidado con la mochila. Y llegar a la terminal nacional para darme cuenta de que el próximo vuelo a Maracaibo sale a las siete de la noche, 9 horas mediante, y cuesta el triple de lo que costó el primer pasaje. Pensar en hacer noche en Caracas y alquilar un coche al día siguiente y sentir un poco de vértigo y miedo y sentir de repente que la gente te mira y estar acostumbrado a que la gente te mire cuando mides dos metros, y volver a pensar en la noche caraqueña y verme robado y perdido o verme en el coche al día siguiente rumbo a Maracaibo y a la aventura, para sudar un poco frente al mostrador de Aviansa, y el chico muy rapado y muy mestizo mirando la pantalla del ordenador y tan guapo con su corbata y su chaqueta azul. Decidir finalmente gastarme el dinero y comprar finalmente el billete a Maracaibo y buscar en la mochila los bolívares y buscar en la mochila los dólares y buscar en la mochila los euros y buscar en la mochila el pasaporte y buscar y rebuscar en una mochila que está vacía y sudar aún más y el chico del mostrador que mira la cola y se empieza a impacientar.

A pesar de mis dos metros de altura siempre fui muy discreto. No me gustan las escenas. El muchacho de la corbata se contagió de mi sudor ya sin rubores. Él continuaba mirando a la cola y yo intentaba no mirar hacia atrás y enfocarme en la corbata del muchacho. No sabía muy bien qué decir, ni cómo decirlo. ¿Me faltan cuatrocientos dólares, seiscientos euros y mi pasaporte? ¿Alguien vio mil en divisas por ahí? ¿Creo que me robaron? ¿Dónde está la guardia nacional? ¿Maldito gobierno (clamando al cielo)? ¿Maldito apagón (también clamando al cielo)?

El chico de la corbata azul me dijo que podía buscar a un lado de la cola y cuando lo encontrara me atendería gustosamente. Estaba aquí, estaba aquí, alcancé a decir ausente. El chico de la corbata cogió un teléfono que empezaba a sonar, disculpen, disculpen decía yo mirando de soslayo hacía atrás pero no era capaz de mirar a nadie.

—Perdone señor, si no le importa hacerse a un lado para que la cola siga avanzando —atrás se escuchaban murmullos y nojodas.

—¿Le pasa algo señor? —me volvió a decir, no sé si sujetándome el brazo o intentando hacerme a un lado suavemente. Yo aún no había levantado la vista de la mochila cuando me di cuenta que dos guardias nacionales me rodeaban.

—Sí, no tengo mi pasaporte, ni mi dinero, estaba aquí coño —les dije hablando un poco como para mí.

—Su documentación señor por favor —me dijo el guardia que aún no había visto y que estaba justo detrás de mí, su boca era todo bigote.

—Le estoy diciendo que me robaron el pasaporte agente —dije intentando poner voz de indignado.

—¿No tiene algún otro documento por favor? —me dijo. Dejé la mochila y la maleta a mis pies. Saqué la cartera, los cien dólares que llevaba encima seguían en el mismo sitio. También seguía allí mi DNI español y la ristra de carnés correspondientes. Tarjeta de la biblioteca, si, tarjeta médica, si, carné de conducir, si, DNI, si. Siempre ese proceso de ir pasando las tarjetas que recordaba a ir pasando las estampitas repetidas de un álbum.

—Aquí tiene —le dije.

—Juan Galván Sánchez, Español —soltó el del bigote con una sonrisa—. Lástima que ese carné no valga de nada aquí, necesita el pasaporte para estar por el país —agregó.

—¿Por qué no nos acompaña y arreglamos todo esto? —me dijo el otro agente.

—Tengo que ir a Maracaibo —solté un poco a destiempo.

—Que arrecho, este se quiere ir a Maracaibo sin pasaporte y sin nada —dijo el hombre del bigote grande.

—No entiende que le estoy diciendo que me robaron —dije llevando de nuevo la indignación al límite.

—Por eso mismo, mira vente pa cá, hacemos la denuncia, nos cuentas toda la vaina y llamamos al consulado o a quien sea —me dijo el otro.

—¿Por qué tengo que ir con ustedes? —les dije casi gritando.

—Mira chico o vienes o vienes —dijo el hombre del bigote grande que me cogió del brazo de nuevo suavemente.

Nadezka

Todos somos Juan Galván

Opinión Nadezka

El cinismo de los círculos allegados al gobierno ha rayado ya en lo absurdo al acusar al poeta Juan Galván de poco menos que espía del imperio. El mismo poeta que a día de hoy se encuentra en paradero desconocido, el mismo que presuntamente fue desbalijado por las mismas fuerzas de seguridad del Estado que debían protegerlo.

Es una tónica común de este gobierno el acusar a todas aquellas voces discordantes, el convertir a las víctimas en verdugos con una perorata ideológica propia de otros tiempos. Allá donde va uno con una cacerola lo acusan de terrorista, allá que va otro y monta su *guarimba* contra la inseguridad y entonces es un golpista peligroso, allá un turista que simplemente se queja por su seguridad y entonces es un espía del mismísimo Washington.

Esta redacción ha estado muy cerca de los pasos de Juan Galván y a día de hoy sabemos que de Maiquetía llegó a la Gran Caracas y ahí es donde se pierde su pista. Pero no solamente nosotros estamos detrás de la pista del poeta. El rastro también es seguido por distintos sabuesos próximos al gobierno que no sabemos con qué intenciones quieren dar con Galván. Un testigo perteneciente a las fuerzas de seguridad del Estado nos ha transmitido de forma anónima su preocupación por la seguridad del hispano—venezolano que en las próximas horas podría ser retenido y acusado por la fiscalía del estado de espionaje y asociación ilícita.

No sería el primer caso de secuestro de Estado o de presos de conciencia, ya tenemos los tristes ejemplos de distintos opositores al régimen que han sido apresados por la simple connivencia entre los poderes judicial y ejecutivo, aunque sí que se trataría de la primera vez en que un ciudadano extranjero (aunque Galván tiene también pasaporte venezolano) es apresado y retenido por el gobierno. Desde estas páginas estaremos pendientes del desarrollo de este caso que podría ser la puntilla a las maltrechas relaciones internacionales del régimen con una potencia europea.

Mientras tanto debo decirles que yo también me siento hoy Juan Galván, no porque escriba tanto y tan bien como el poeta (ya quisiera yo), sino que me siento un poco violada en mi seguridad ciudadana, me siento sin voz al igual que Galván y me siento acusada, denigrada y vilipendiada por el simple hecho de alzar la voz contra aquello que no me gusta del gobierno, por el simple hecho de expresar mi libertad de expresión. Unida yo a Galván en mi inocencia, unida yo al poeta alzo la voz por la paz en Venezuela.

Perozo

¿Existe realmente el poeta Juan Galván?

Opinión Aporrea

Desde la redacción de aporrea.org no hacemos otra cosa que preguntarnos ¿quién es el poeta que está soliviantando a toda la oligarquía? ¿Quién es la nueva figura destacada de la oposición? ¿Tiene por fin la contrarrevolución su poeta?

Lamentablemente a todos los escuálidos y al resto de la población debemos decir NO, ya que lamentablemente Juan Galván es un fraude.

No hemos podido dar con este personaje ¿alguien lo ha visto alguna vez? y el caso es que internet o incluso su propia editorial no han podido dar señas de su poesía ni de sus obras. Hemos visitado la biblioteca nacional, catálogos europeos y panamericanos y resultó que no hay ni una sola obra firmada por el «famoso» poeta.

Nos hemos trasladado a Maiquetía intentando seguir sus pasos y el caso es que nadie sabe darnos señas del ciudadano hispano-venezolano. Los testigos sí que recuerdan un incidente, como algunos que desafortunadamente pasan en nuestro país, pero también en cualquier otra parte del mundo, un incidente denunciado y atendido por los cuerpos de seguridad del estado y pare de contar.

Hemos seguido investigando, desde aporrea escrutamos los datos hasta el último término, y resultó que el susodicho poeta venía al festival de Maracaibo a presentar un libro editado y publicado al poeta Walter Patiño. El mismo poeta que firmó el manifiesto «Poetas por la paz y contra la inseguridad» que no era más que otro de los panfletos promovidos por la oposición y auspiciados por el imperio.

Al ver todo esto, en vez de aclarar nuestras dudas, se han desplegado como un abanico toda una serie de preguntas:

¿Es Juan Galván otro panfleto del Imperio? ¿Su editorial es una de las tantas tapaderas de la USAID? ¿Es un arma de promoción de distintos objetivos contrarrevolucionarios?

Las respuestas a todas estas preguntas están en manos de nuestro equipo de investigación, como siempre desde aporrea, para poder ofrecer a la opinión pública una voz independiente y veraz. Esperamos que por el bien de la poesía y del propio Juan Galván, todo sea un desafortunado malentendido sacado de sitio por la oposición política.

De no ser así nos encontraremos ante el enésimo caso de injerencia internacional y de intento de desestabilización de la potencia del norte y ante ella no cabe otra respuesta que toda la fuerza de la Ley y de la Revolución.

#todossomosjuangalvan

Nadezka Álvarez @nadezkaal

Al final del día *#todossomosjuangalvan* trending en *#Venezuela* el poeta @jgalvan sigue desaparecido desa.re/Zxvsr

II Festival de Poesía de Maracaibo @FPM

Nuestro apoyo al compañero @jgalvan que no pudo acompañarnos *#todossomosjuangalvan*

Rojito @rojorevolucion

Ojo pueblo los rémoras de la cuarta república hacen *#poesia* y política con dinero público en el @FPM *#novolveran*

II Festival de Poesía de Maracaibo @FPM

Gracias a los poetas de hoy, todos de obra y reconocimiento internacional. No al Abuso de poder venga de donde venga *#todossomosjuangalvan*

Chepina @chepacandela8

Y yo me pregunto ¿dónde acabaron los huesos del pobre poeta? @jgalvan *#todossomosjuangalvan*

Aporrea @aporrea

mientras buscamos entrevista con @jgalvan revisen nuestro artículo sobre raperos cubanos infiltrados rmtu.h4/locX otro caso de *#NOalimperio*

Milagros Socorro @milagrosSocorro

#todossomosjuangalvan una muestra más de que las injusticias de la *#robolucion* no pasaran por alto

Rojito @rojorevolucion

Desmotaremos a los pseudopoetas del @FPM y a los enchufados de la cuarta *#novolveran*

Mister Red @misterred

se están infiltrando hasta la médula en el @PSUV ahora hasta poetas hay golpistas *#novolveran*

Chepina @chepacandela8

El pueblo debe estar unido contra el abuso de la *#robolucion* *#todosalacalle* *#todossomosjuangalvan*

Mister Red @misterred

ya asoman la patita los golpistas @chepacandela8 y sus marchitas y guarimbas *#novolveran*

Día 2

Galván

—Hay que llamar a un taxi —me dijo.

—Aquí te dejo la tarjeta, este es amigo mío no hay rollo. Eso sí, lo tienes que llamar desde tu teléfono porque aquí en la casa no hay. No se te ocurra salir sin que esté el taxi en la puerta, la última vez que yo lo hice no es que me dejaron sin nada es que de vaina me violan.

Así continuó mientras esperaba que llegara su amigo del taxi. Me lo repitió varias veces y subrayándolo con las manos «no se te ocurra salir si no has llamado al taxi, espera a que esté afuera y que te toque la corneta». Otra de las recomendaciones era que no bebiera agua del grifo, tiene mucha tierra, así que si bebes del grifo no respondo, me dijo. Que si quería comprar comida, el taxi, que si quería ir a la farmacia, el taxi, que si quería dar un paseo, no, mejor que no diera un paseo. Por supuesto otra de las recomendaciones principales era no abrir la puerta a nadie, si tocan no le abras a nadie, es más ni respondas, me dijo.

Podía usar la pequeña habitación del fondo, apenas tenía un par de colchonetas unidas y una manta en un suelo de cemento visto. Me advirtió de que a mediodía podía hacer calor, dijo algo del techo de zinc y la poca ventilación pero que podía meterme en la habitación y ponerme en bola. Así me dijo.

Fue lo mejor que pudo conseguirme Walter Patiño antes de que me cortaran el teléfono. Las tres llamadas, consideradas internacionales, desde el aeropuerto de Caracas hicieron saltar las alarmas de las compañías telefónicas y me cortaron la línea. Por suerte Patiño me dijo que me montara en un taxi y fuera a la dirección indicada.

No es fácil conseguir un hotel sin tarjetas de crédito, sin pasaporte y sin apenas dinero. Intenté reservar en el hotel de la terminal y nada. Intenté reservar en algunas pensiones de los alrededores marcando desde el teléfono público, pero nadie se interesa mucho por un extranjero indocumentado y sin tarjeta de crédito.

Fue lo mejor que me pudo conseguir Patiño y no le culpo. Roselyn tampoco estaba muy contenta, pero tampoco la culpo. Tuvo que recibir en su casita a un desconocido de dos metros que estaba hambriento, sudoroso y en la ruina.

Allí no podrían hacerme daño pero era importante que siguiera todas las recomendaciones. Las casas sin ventanas eran más seguras, por eso últimamente las hacían así. Tenía el problema del calor y de airearla, pero era más difícil pa meterse, hasta que no tapió las ventanas no pudo dormir tranquila, me dijo.

—¿Y si se meten por el techo? —le dije.

—Se escucharía —me dijo— y me daría tiempo a reaccionar, pero tú no te preocupes por eso. Intenta descansar un poco y no le pares a los ruidos de afuera, si no te vuelves loco.

No me dijo nada de mirar por la ventana porque la casa-habitación no tenía ventanas. No me dijo nada de la cocina o la nevera, porque en la nevera sólo había una botella de agua (creo que con agua de grifo) una luz que repiqueteaba y un frasco de mayonesa, tampoco me explicó cómo funcionaba la ducha, porque en el lugar de la ducha había una manguera y una batea de diez litros.

Afuera sonó tres veces el claxon, luego un silencio de unos segundos y sonó dos veces más.

—Esa es la señal —me dijo— cuando escuches la señal cierra la puerta rápido y corre al taxi.

Cerró la puerta y el acero de la *Mul-T-Lock* se escuchó al atravesar la pared. El tacón de aguja repiqueteaba en la acera, se cerró una puerta y el coche arrancó a toda velocidad. Me di cuenta entonces que Roselyn no me había dejado llaves.

Nadezka

Seguimiento de la sesión del Congreso. María Julia Spear

Buenas tardes colegas Diputados.

En realidad no sé si son buenas estas tardes, en estos días aciagos que vive nuestra nación. Días en los que hemos sido testigos de hechos lamentables tanto dentro como fuera de este palacio legislativo. Luego pasaremos a hablar de lo que sucedió hace unos días con unos supuestos colegas que convirtieron esto en un patio de colegio y que dañaron gravemente la integridad física y mental de mi misma y de otros colegas.

El hecho que traigo a colación y justo cuando estamos discutiendo los presupuestos del Ministerio del Poder Popular para Relaciones Interiores, Justicia y Paz, es un triste hecho que justamente le hace un flaco favor a la justicia y a la paz. El hecho en cuestión que vengo a referir simplemente nos deja en paños menores a los venezolanos y en pantaletas a las fuerzas del orden del gobierno de cara a la comunidad internacional. El hecho que vengo a relatar nos puede explicar el por qué Venezuela siendo un país tan paradisiaco en sus cuatro esquinas cardinales, cómo es que los turistas y por ende la entrada directa de divisas sigue disminuyendo año a año desde que entramos en el siglo XXI, es decir desde el día que tristemente entró este gobierno en la vida de los venezolanos.

La inseguridad señores, la inseguridad ciudadana que hace que los venezolanos no sepamos lo que es dar un paseo tranquilamente por las calles de Caracas, y nos hace persignarnos y pedir la bendición cada vez que salimos de nuestra casa porque no sabemos si vamos a regresar vivos, matándose como se matan en la capital miles de personas al año.

El último hecho desafortunado es la desaparición del poeta español Juan Galván, si señores Juan Galván se encuentra en paradero desconocido. Quizás en la bancada oficialista no conozcan mucho de libros, ni de poetas, es comprensible, quizás el único libro que hayan agarrado muchos de los colegas diputados sea el libro rojo de Mao Tse-Tung y no para leerlo no, sino para llevarlo y enseñarlo en una manifestación.

Les informo que Juan Galván es un reconocido poeta y editor español, con una gran convicción universalista y creativa que se dirigía al Festival de Poesía de Maracaibo, a leer sus poemas y presentar un libro que ha editado hace poco al poeta venezolano Walter... ahora se me escapa el nombre.

El único error del pobre Juan fue descuidar un momento su maleta llena de libros y confiar durante un momento en la Guardia Nacional del Aeropuerto Simón Bolívar, que como vulgarísimos salteadores «requisaron» los libros, esas armas cargadas de belleza y de verdad, de las manos del poeta, y no sólo contentos con ello también le sustrajeron las pocas divisas que llevaba encima para subsistir durante cinco días. Un robo a mano armada perpetrado por la ley. ¿Qué se puede esperar de un país así? ¿Qué pueden esperar los turistas, qué pueden esperar los jóvenes, qué puede esperar en fin el pueblo de un país sin Ley?

Espero que Juan Galván, no se haya convertido ya, mientras debatimos aquí, en una cifra más de las estadísticas de sangre que tristemente tiñen a mi Venezuela. Esperamos que por fin se encuentre el eminente poeta, en buenas manos, en las manos del pueblo y no de los policías y la guardia corrupta. De lo contrario debemos estar preparados para un conflicto de niveles internacionales.

(Pitos y aplausos).

Seguimiento de la sesión del Congreso. Willian Márquez

Buenas tardes pueblo de Venezuela, buenas tarde diputados y diputadas.

Yo había escuchado a una persona, yo creía que había escuchado a la persona campeona de decir estupideces de la nación. Pero yo le digo a usted, señora diputada que usted se lo lleva por los cachos. Es que yo solo he escuchado estupideces y nunca había escuchado tantas estupideces concentradas sobre un solo tema. Es usted una campeona y el otro campeón el gobernador del Táchira.

Pero qué pasó con los argumentos de constitucionalidad en la justicia, qué pasó con el análisis serio, sólo vienes aquí con un dramita que nadie te cree. Y de paso diputada no pida que la televisión del hemiciclo la enfoque tanto o te haga primeros planos porque se te ven las patas de gallo oíste, se te ve, te hace falta renovar el botox, le hará falta una cirugía estética, a ustedes que viven de eso, de las apariencias, pero a nosotros no, a nosotros no nos importa, lo único que queremos es hacerle un lifting al país para quitar los últimos restos de la vieja oligarquía.

Le digo que aquí si sabemos de libros y mucho, empezando por Simón Bolívar y terminando por Noam Chomsky y al poeta Juan Galván también lo conocemos y no podemos decir que somos especialistas en su obra, pero si podemos decir que conocemos algunos títulos de su inmensa y universal obra, sino por qué cree que lo hemos invitado al festival de Maracaibo.

Pues aún está por aclararse lo que pasó en el Aeropuerto Internacional Simón Bolívar y no le quepa la menor duda de que al poeta español no le tocarán ni un pelo y podrá seguir su camino y podrá llegar a su cita con la poesía en Maracaibo.

Pero bueno a qué viene a hacer aquí aspavientos, cuando usted estaba firmando el decreto del golpe de estado donde destituía a esta cámara íntegra. A qué viene esta diputada a dar lecciones de la constitución cuando usted se pasó por el forro dicha constitución cuando defenestraron a todas las instituciones del país.

Entonces, ¿con qué culo se sienta la cucaracha? Entonces que va usted a hablar de seguridad, de inseguridad y de instituciones cuando ustedes son los primeros terroristas que siembran el pánico en la nación. Ahora clama por justicia, y esta justicia aún tienen infiltrados de ustedes, sino pregúntele a la jueza esa que firmó la orden de allanamiento de mi casa cuando el golpe de estado. Esa mujer aún está en nuestro sistema judicial comiendo del estado.

Los fiscales que hicieron fiesta, una fiesta bien gorda en el Hotel *Building*, con whisky parejo y barra libre de huevos de codorniz, cuando aquí se estaba perpetrando el golpe, esos fiscales todavía forman parte del ministerio público, esos fiscales aún siguen bebiendo whisky a cuenta del estado.

¿Entonces me pregunto yo? ¿Esa justicia al servicio de quién está? ¿No está al servicio de esa oligarquía del whisky dieciocho años, que es una deuda del gobierno no haberla acabado ya de raíz?

(Aplausos y pitos).

Perozo

Las obras de creación que se pudieron encontrar acerca del poeta, nada tienen que ver con poesía. O al menos con la poesía como hoy la conocemos. Se desestima igualmente que sea algún tipo de poesía experimental, en todo caso podría ser un catálogo ficticio que apoyase otras obras.

Lo encontrado se trata de una serie de obras técnicas firmadas por el poeta, con una vaga maquetación, textos e imágenes del propio Juan Galván. Son revistas con periodicidad trimestral o en ocasiones bimestral dedicadas a la ingeniería y la instalación, todas ellas ligadas al sector de la construcción. Por ejemplo, se habla de cosas como el Código Técnico de la Edificación o el Reglamento de Instalaciones Térmicas de Edificios.

En su interior además de artículos y reseñas de eventos —todos ellos cursos y jornadas técnicas con un atractivo muy específico— de vez en cuando se presentan entrevistas con por ejemplo la Delegada de Formación y Empleo de la Junta, la Consejera de Innovación, Ciencia y Economía y personajes de diversa índole pero siempre con algún tipo de relación con el sector en cuestión.

De un primer análisis —aunque ya se ha remitido al departamento de análisis textual para una prueba más profunda— no se puede desprender nada concluyente. No hay ningún indicio que haga creer que estos medios podrán utilizarse como comunicación subversiva cifrada.

En primer lugar son publicaciones lejanas en el tiempo —la más reciente data de hace unos cuatro años— y son publicaciones que aunque disponibles online, no tienen una gran difusión y difícilmente hayan salido de su ámbito de difusión localísimo.

Incluso creo que dentro de su ámbito de difusión (ingenieros, técnicos y profesionales de la instalación de la Provincia de Sevilla) su éxito era más bien escaso.

Adjunto en los anexos algunas de las publicaciones en las que sale el nombre del poeta bien como propio Alma Mater de la Publicación o bien como un artículo suelto: Boletín Arean, Revista Pymes, Electroinstala y Climasynoticias.

#todossomosjuangalvan

Nadezka Álvarez @nadezkaal

@jgalvan de trending en *#Venezuela* a la Asamblea Nacional *#todossomosjuangalvan* tyUE.qa/LBNm

El Nacional @elnacional

Preocupación en *#España* por el paradero de @jgalvan ymUL.WE/Yzvs

Aporrea @aporrea

@jgalvan otro caso de manipulación mediática? rpoI.WE/lphd *#NOalimperio #novolveran*

El Nacional @elnacional

Familiares de @jgalvan «su teléfono está inactivo» ymUL.WE/Yzvs

Rojito @rojorevolucion

@jgalvan esperemos que por su bien dé la cara *#novolveran*

Chepina @chepacandela8

Poeta @jgalvan incomunicado desde su llegada a Venezuela *#todossomosjuangalvan*

Milagros Socorro @milagrosSocorro

Los últimos runrunes apuntan a que @jgalvan está en *#caracas #robolucion #todosalacalle #todossomosjuangalvan*

Mister Red @misterred

está en caracas @milagrosSocorro y por su seguridad colectivos darán con él #*novolveran*

Milagros Socorro @milagrosSocorro

basta de amenazas @misterred así funciona la #*robolucion* #*todosalacalle* #*todossomosjuangalvan*

Mister Red @misterred

Amenazas las de golpistas como tú @milagrosSocorro #*novolveran*

Galván

Sabía que me enfermaría. No pasa nada por enfermarse, pero crecí en Venezuela y sabía que enfermarse en Venezuela es caro y doloroso.

El agua sale marrón de la manguera, lleva un par de minutos fluyendo y su aspecto no mejora. Dormí todo lo que pude dormir, Roselyn no ha llegado con la comida y tengo la boca realmente seca. El agua corre marrón y mi boca saliva un poco, sin embargo, mi cabeza no se inclina hacia la manguera, mi cuello no hace caso.

El agua corre en un chorrito marrón, cae en una batea y sigue marrón y sé que tarde o temprano tendré que beber. Casi veinte horas sin beber y quizás más aún sin comer. Cuando estás algún tiempo sin beber agua la boca se torna blanquecina, seca y pegajosa. También es común marearse, por eso caminaba lentamente por la casa-bunker tocando las paredes de ladrillo irregular con las manos.

A este mareo sigue un dolor de cabeza que al principio es leve y te hace preguntarte si aguantarás un poco más o si ya estás urgentemente preparado para tomar un agua que en ocasiones es negra y en ocasiones marrón. Arrastrándome por la casa, me cercioré por tercera vez de que la puerta a la calle estuviese cerrada. Pensé en juegos de candados y en mañas de cerraduras, me detuve a estudiar la cerradura, no fuera que estaba siendo un poco torpe, la estuve viendo un rato, forzándola, empujándola, haciendo movimientos repetitivos, pero funcionaba correctamente y estaba definitivamente cerrada.

Me apoyé en una esquina de la casa y fui buscando el suelo hasta sentarme. Puse la cara contra el cemento intentando aliviar el calor. Había algunos granitos de tierra o algo parecido que se pegaban a mi frente.

Podía dormir a pesar del calor, dormir era quizás lo más fácil para hacer. Era como las siestas de verano en el sur de España, pero quizás más húmedas, más sudorosas en todos los sentidos. No hay un calor tipo horno, como el calor de los veranos de España, es un calor alegre y sudoroso, el sol igual quema más, pero con más cariño. El sol quemaba la lámina de zinc del techo, el techo estaba reforzado con vigas de acero y remachadas con soldaduras y cemento. Lo que de ahí salía, una especie de vapor invisible y plateado que envolvía mi cuerpo y me hacía estar constantemente mojado y con la boca blanca y seca. Comencé a sentir claramente el olor de mi sudor impregnando toda la casa.

Era curioso pero no pensaba en que llegara Roselyn con comida o con una gran botella de agua, estaba realmente preocupado porque me viera en tan malas condiciones y sobre todo porque me oliera en tan malas condiciones. Me miré al espejo del baño y me reí, una mueca blanquecina de mis labios. Me estaba muriendo deshidratado y lo único que me preocupaba era estar presentable para una desconocida.

El dolor de cabeza da paso a un dolor corporal generalizado, casi podía sentir el dolor en los ojos que veían el agua correr o que se cerraban para dar paso al sueño. De vez en cuando imaginaba una moto pasando por la calzada y despertaba con el ruido de su motor, otras veces escuchaba el ruido pero tenía los ojos demasiado cerrados como para poder imaginar moto alguna.

Abrí la llave y dejé que el agua corriera un poco. No mejoró. Después de crecer en Venezuela seguí creciendo en España y allí siempre te aconsejan no beber agua en países del tercer mundo. Sabía que me enfermaría. Bajé la cabeza y me mojé un poco la cara. Dejé que el agua entrara lentamente en mi boca. Primero sacando un poco la lengua, luego cogiendo la manguera y dejando que el agua entrara directamente por mi garganta.

Nadezka

Las tres muertes de Juan Galván

por Nadezka Álvarez

Lo primero que hemos conocido de este poeta fue su muerte. Como si fuera un enigma o una novela negra y tropical su muerte está salpicada por inexactitudes, errores y hasta distintas versiones.

El que ya es ídolo del régimen y de la oposición a partes iguales, el nombre que es coreado tanto en las marchas rojas como en las marchas por la libertad, el que se pone indistintamente junto al vete ya, y al no volverán, en fin el poeta que aún no ha recitado un verso en nuestro país, ya cuenta con tres versiones de fallecimiento y las lenguas malintencionadas siguen aumentando estas versiones.

La primera de ellas habla de una muerte por error. Esto es: un débil poeta es «apretado» en demasía por la guardia nacional en su primer interrogatorio. El resultado un infarto al acercar el arma reglamentaria a su boca. Previamente habría sido golpeado repetidamente en la cabeza y en las costillas con un bate forrado con gomaespuma. Su cuerpo se habría perdido en alguna playa de la Guaira o en cualquier parte escondida y controlada por la Guardia Nacional. El motivo del interrogatorio sería las sospechas de que el poeta formase parte del aparato de espionaje internacional o fuese célula activa dentro del continuo plan de magnicidio anunciado a bombo y platillo por el gobierno. Al ocurrir el accidente se habría procedido a un método habitual del régimen culpar a la oposición. Entonces se activarían los distintos aparatos de publicidad del gobierno desde las televisiones públicas y privadas participadas hasta las circulares de los llamados colectivos. Allí se difundiría la noticia de que el poeta ha sido asesinado en un plan orquestado por la oposición para desestabilizar el país y utilizar el suceso como disparadero de una nueva escaramuza culpando al gobierno.

La segunda versión tiene que ver con la oposición y es una versión que parte desde el oficialismo. Según estas versiones a Juan Galván nada más salir del Aeropuerto y en el proceso de buscar hotel fue retenido por un grupo paramilitar y subido a una camioneta Bronco negra con los vidrios ahumados. Una vez dentro y siempre en constante movimiento dos hombres le ofrecieron la posibilidad de denunciar su caso. El poeta tendría que denunciar a los medios haber sido robado y vejado por la Guardia Nacional. Según algunas versiones uno de estos individuos era el mismísimo activista opositor Salas-Kozlowski. Durante esta reunión el poeta se habría negado a participar en el montaje y se habría procedido al plan B, o segunda fase de este plan en el que se procedería al secuestro permanente y posterior eliminación del poeta. Una vez desaparecido Juan Galván se utilizaría a los medios que el régimen acusa de contrarrevolucionarios o contrarios al proceso, para culpar al gobierno y soliviantar a las ya alzadas masas populares, la punta de lanza de la oposición en la calle.

Estas dos versiones corren paralelas como la pólvora a día de hoy y se despliegan en medios alternativos a nivel nacional. Entre esta pugna se cuela una tercera versión que aunque cuenta con menos publicidad, parece ser la solución más sencilla y al mismo tiempo trágica para la figura de Juan Galván. Se trata de su muerte a manos del hampa común. Esta versión refleja el grave problema de inseguridad que azota a la capital y por extensión a todo un país. El primer problema del país según encuestas, antes de la inflación o el desabastecimiento, parece que se ha llevado por delante a otro turista y no a un turista cualquiera se trata del poeta hispano-venezolano Juan Galván.

La alerta se dio ayer mismo al encontrarse un cadáver aún sin identificar en las inmediaciones del municipio de la Guaira. El cadáver se encontraba dentro de un coche abandonado y con claros signos de violencia en un estado semicarbonizado. Al parecer el cadáver fue introducido en el coche al que luego se quemó utilizando gasolina.

Las primeras descripciones del cadáver hacen pensar en el poeta, la estatura es aproximada, ropa, apariencia, aunque debido al estado del cuerpo no se ha podido realizar una identificación fehaciente.

El modus operandi así como las características del crimen hacen pensar en un secuestro express frustrado. Las autoridades se han puesto en contacto con la embajada de España para intentar identificar el cuerpo aunque en principio descartan que se trate del poeta y apuntan a una triste coincidencia y a un caso de ajuste de cuentas.

La familia y amigos del poeta tanto en Venezuela como en España continúan en vilo debido a las tristes versiones que siguen circulando. Esperamos que el misterio se resuelva pronto y que terminemos por contar una única versión, esa que dice que Juan Galván está vivo, en Caracas, en Maracaibo tal vez, en Sevilla o en Madrid.

Perozo

Después de rebuscar en los textos propiamente, procedimos a pasar a la vida personal del poeta, obviando por supuesto aspectos íntimos e intrascendentes como la absoluta discreción y personalidad parca e introvertida que apuntaba ya desde su temprana adolescencia y centrándonos sobre todo en su actividad «pública-lúdica» y/o social.

Sus primeras actividades lo ubican en el comité juvenil del Hogar Hispano de Valencia-Venezuela, en los que llevaba una vaga cartera llamada «cultura» y era responsable de una publicación tipo boletín informativo sobre las actividades del club y un espacio «literario» en el que pueden verse poemas y microrrelatos probablemente de su autoría firmados bajo el nombre de Richard Huertas.

De la misma época nos llegan informes que lo ubican en grupos de lectura juveniles del Ateneo de Valencia. Allí se reunían bajo la nomenclatura de tertulia criolla una serie de jóvenes bajo la dirección del aristócrata, pintor y artista plástico Humbert Michelena. En el grupo se debatían clásicos universales del XIX, sobre todo narrativa tipo Crimen y Castigo, Cumbres Borrascosas, Moby Dick y obras contemporáneas de distintos poetas y narradores, casi todos miembros del grupo o en todo caso obras del propio Humbert y de su camarilla íntima.

También formó parte del consejo rector de la semana cultural de San José de Calasanz, colegio privado y católico en el que estudió. Estuvo en este puesto durante los años 96, 97 y 98 publicando en el periódico escolar y también bajo el pseudónimo de Richard Huertas distintos poemas y pseudo-artículos literarios casi fusilados de la enciclopedia Encarta. Su actividad en el consejo pasó por ser el responsable del periódico estudiantil y de la cartelera cultural. De esta época no se tiene mucha más constancia, y de su militancia—actividad política sólo el hecho de su firma en solicitud del referéndum en contra de la revolución del año 98. Concretamente su firma en contra para la reelección indefinida de nuestro líder.

Es de su último año en Venezuela cuando se tiene una vaga constancia de su relación con Nadezka, se sospecha que coincidieron en alguna oportunidad en la Universidad Bicentenaria de Aragua siguiendo la carrera de Comunicación Social en la especialidad de periodismo. Ambos estudiaron en la misma época, según testigos presenciales, por lo que intuimos que se conocían o conocieron en algún momento.

Esta relación parece aún más creíble en el momento en que ambos son naturales de Valencia y debían desplazarse a Maracay para estudiar, por lo que muchos de estos trayectos pudieron hacerlos juntos.

También coincidieron en uno de los viajes al X Congreso Iberoamericano de Comunicación Social, celebrado en Juan Dolio, República Dominicana y en el que ambos formaron parte de la delegación venezolana.

De confirmarse, la conexión entre Galván y Nadezka sería clave para articular una trama mediática en contra de los intereses del gobierno. La desaparición de Galván aportaría a los grupos opositores el apoyo internacional necesario para llevar en volandas una contrarrevolución jalonada por Nadezka Álvarez y los altavoces de la oligarquía venezolana.

#todossomosjuangalvan

Nadezka Álvarez @nadezkaal

Sigue en el congreso la búsqueda de @jgalvan *#todossomosjuangalvan* PTL.MQ/dfh

Rojito @rojorevolucion

Dentro de poco confirmación oficial @jgalvan es un esbirro del imperio *#NOalimperio #novolveran*

II Festival de Poesía de Maracaibo @FPM

Los poetas unen sus voces por @jgalvan *#saludypoesia #todossomosjuangalvan* Azs.ol/Fre

Mister Red @misterred

Bravo por los primeros combatientes del congreso desmontando a @jgalvan y cía *#novolveran*

Nadezka Álvarez @nadezkaal

Novedades sobre el caso @jgalvan ¿ha muerto el poeta? erC.Xa/uij

Milagros Socorro @milagrosSocorro

primera cacerolada por @jgalvan hoy 5pm *#sacatucacerola #robolucion #todosalacalle #todossomosjuangalvan*

Chepina @chepacandela8

Apoyo a la cacerolada pro @jgalvan hoy 5pm *#sacatucacerola #robolucion #todosalacalle #todossomosjuangalvan*

Rojito @rojorevolucion

El pueblo responderá con plomo a las cacerolas del *country* *#NOalimperio #novolveran #alertacolectivos*

Galván

Sabía que me enfermaría y me enfermé.

Para cuando llegó Roselyn ya era demasiado tarde. Mi cuerpo había llegado a un punto de no retorno en el que invariablemente lo que comiera y lo que bebiera saldría en breves segundos.

Ella dijo que no era buena idea enfermarse, que me encerrara en el cuarto, que usara mayormente el urinario que me dio, eso me dijo. Por favor que intentara no salir del cuarto, que era imposible que ella se enfermara, que podría perder el trabajo y que el médico estaba bien lejos.

Me dijo que bebiera un poco de agua y me dejó una botella de litro y medio sin abrir en la habitación. Realmente lo intenté. Lo intenté durante unos segundos, pero igual que se vaciaba la botella (incluso a mayor velocidad) se iba vaciando mi estómago. En este punto me di cuenta de que sería completamente impracticable el hecho de comerme las dos empanadas de carne molida que me trajo envueltas en un papel.

Después de vaciar por segunda vez el urinario pude dormir un poco. Roselyn, mientras estaba en casa, intentaba encerrarse en su habitación para escapar de los nuevos olores y de las miles de nuevas bacterias que se habían apoderado de su casa.

No la culpo a Roselyn, ella no tiene la culpa de nada. Seguro ella pensó también algo distinto en el momento en el que le dijeron que si podía ayudar a un importante editor europeo. Seguro había imaginado algo muy distinto del tipo sudoroso, desgarbado y ojeroso que se arrastraba por su casa y no dejaba de vomitar.

Asomó apenas su voz por un quicio de la puerta de mi habitación. Podía comprarme algunos remedios para la barriga pero no tenía dinero. Que le dejara algo, me dijo, que ella vería qué podía arreglar, que tenía un amigo en un Farma-todo, que algo le daría. Que si no tenía un poco más de dinero, me dijo. No tengo mucho más, le dije. Por favor no cierres la puerta con llave, le dije. Era peligroso, me dijo.

Me pondría peor y lo sabía. Sin embargo, tenía que intentarlo con la empanada de carne. No recordaba la última vez que había comido algo. La cogí poco a poco con el índice y el pulgar. Es peligroso, dijo mi estómago.

Nadezka

Venezuela 2046.
Opinión. Nadezka Álvarez.

Escribir para el futuro. Ver una bola de cristal y en ella vislumbrar los próximos 30 años del país. Acaso ver dentro del cristal el reflejo de una bengala de alerta, lanzada desde el futuro hasta nuestros días. Quizás enviada por nuestros hijos, quizás por nuestros nietos. Porque quiero pensar que los hijos que aún no tengo, nacerán y crecerán en Venezuela al igual que su madre, que su abuela.

Esta bengala chispeante de alerta me está llegando desde el futuro y me viene a decir que están-mos destruyendo al país. Unos tienen más culpa que otros en esta destrucción. Pero esta bengala, este SOS del más allá, no viene cargado de dedos acusatorios. Hay tristeza, hay miedo. Eso si hay.

Nosotros vislumbramos el abismo, pero allá en el futuro ya están dentro del abismo, en el barranco mismo, y está lleno de escombros ese barranco, de despojos, de dolor. Y lo peor de todo es que no hay un solo fragmento de esperanza, ni el envoltorio de la esperanza. Eso no hay.

Este SOS nos habla de un cataclismo social, nos habla de una guerra, la peor guerra de todas, una guerra carnicera en la que dos hermanos se caen a machetazos. La guerra civil.

A nuestros hijos, que están ya en el barranco, no les importa si es culpa de la cuarta o de la quinta república, aunque la quinta ha comprado en los últimos años casi todos los números de la rifa.

Pero este SOS no es un dedo acusador como dije antes, es más bien una mano abierta. Porque aún hay tiempo para el pueblo, porque pueblo somos todos y sólo juntos, muy juntos, es que podemos coger esa mano abierta y apretarla para revertir esta situación o irnos cuesta abajo por el barranco como un escombro.

Si nos unimos, si juntos de una vez por todas emprendemos este camino al futuro, podremos cambiar el destino del país. Al igual que salimos del peor AD y entramos en el *chiripero* de la confluencia, al igual que cerramos el episodio de la cuarta república para entrar en la quinta, al igual que entramos en un proceso constituyente, al igual que le dijimos NO al Presidente-Comandante cuando planteó en referéndum su reelección indefinida.

Este es el momento en el que nuestros hijos, que aún no han nacido, nos envían el SOS del cambio desde un futuro en el que quizás el tiempo de la quinta república haya llegado a su fin. Porque la inseguridad, la corrupción, el desgobierno y el enfrentamiento están deshumanizando a Venezuela.

Venezolanos, es hora de decir basta y afrontar nuestro destino. Nuestros hijos, nuestros nietos nos lo agradecerán.

Perozo

Es posteriormente en su período «español» cuando Galván ebulliciona su actividad en distintos grupos o grupúsculos del panorama cultural-artístico de Andalucía pero sobre todo de Sevilla.

Su primera toma de contacto aparece reflejada en los Cuadernos y Cicatrices, pasquines publicados por los poetas imperdibles, grupo nacional pero afianzado principalmente en Andalucía. Estos pasquines-herida son el resultado tipo de la publicación-fin-de-fiesta de un taller literario impartido por los propios imperdibles.

En esta publicación no aparece su nombre, tampoco el pseudónimo Richard Huertas, pero aparece otro seudónimo con el que se le asociará más adelante que es el de Alain Lebert.

Sigue ligado en algunas de las actividades de los poetas imperdibles: macrorecitales, talleres de poesía y/o de microrrelatos (como alumno), veladillas nocturnas, etcétera, si bien su influencia es minúscula se le puede considerar como discípulo del grupo de imperdibles.

Pronto se emancipa y comienza su andadura en otros grupos emergentes. Forma parte de los Chilangueros-Andaluces, festival México-andaluz y agrupación global de artistas que una vez al año se reúnen estableciendo la extraña mancomunidad Sevilla-D.F. y Málaga-Monterrey. Creen los organizadores (chilangueros) en la fusión mexicana-andalusí de las artes y de la propia fusión de las artes mostrando recitales mezclados con happenings y exposiciones fotográficas, además de un guitarrista o un concierto recitado o un recital musicado, acompañado siempre de un arte alternativo y/o complementario. A partes iguales entre lo caótico y lo bizarro la presencia de Juan Galván en las dos primeras ediciones del Chilanguero es constante.

En una ocasión y acompañado por un guitarra es telonero de los poetas pluscuamperfectos (cabeza de cartel), poetas anónimos y enmascarados mitad mexicanos-mitad aragoneses, de cuerpos atléticos la mayoría, que desempeñan una poesía de guerrillas, ambientada en un escenario post-apocalíptico, con la destrucción de maniquíes indefensos con sierras eléctricas.

En otra ocasión formó parte de un recital multicultural y pluriartístico en el que recitaba varios de sus poemas (algunos de su etapa venezolana en el Ateneo) acompañado por la proyección de fotos de Alfredo Hermosín y por la interpretación de danza contemporánea de la compañía viento y sur.

Aparece en la antología de los dos eventos, un volumen dispar, extenso y caro con uno o dos poemas por participante en el que se muestran poetas que van desde los 18 años hasta los 87 y en el que puede aparecer cualquier nacionalidad hispanohablante y varios nórdicos o centroeuropeos como tinte exótico.

Más o menos en la misma época en la que aparece en estos recitales funda junto a otros poetas —no sé si fundar es la palabra exacta ya que no consta acta de constitución ni hay ningún documento formal— el grupo de «agitación cultural» *un amor*.

En su blog (aún en el ciberespacio aunque sin actividad desde hace unos cuantos años) se definen como una ONG sentimental, circular y retroactiva. El grupo no tiene miembros oficiales u oficiosos al menos sabemos que dos poetas son los principales impulsores.

Por un lado Alfredo Hermosín multiartista y multifacético personaje de la cultura sevillana con una personalidad más bien volátil y un talento reconocido en diversos círculos aunque pocas publicaciones o premios de prestigio. Se le conoce como actor (protagonista y extra), poeta, grabador, fotógrafo, guionista, animador sociocultural, clown y *showman* desarrollando un personaje llamado Felipe Guimarães.

Por otro lado está Toni De Elías, el mayor del grupo y muchos consideran ideólogo. Periodista retirado, trabajó en varios diarios de ámbito regional hasta retirarse al trabajo de operario en un imprenta industrial, escritor y fotógrafo. Después de su paso por *un amor* ha publicado al menos dos novelas y un libro de relatos en distintas editoriales más bien discretas. Puede decirse que junto a Alfredo fueron los únicos escritores profesionales o al menos los únicos que se dedicaban «sólo a escribir» o que estaban en el desempleo en esa época. A estos dos integrantes se unió Galván casi al inicio de la actividad por invitación de Alfredo. Galván y Hermosín coincidieron en su etapa de los talleres de los poetas imperdibles.

El triángulo se convertiría más adelante en cuadrado al unirse al grupo Ninfa Umaña. Antigua amante de Alfredo y posteriormente amante de Toni, Umaña reunía muchas cualidades además de ser muy cariñosa y sexualmente activa. Ninfa fue poeta y musa del grupo al mismo tiempo.

A este cuadrángulo se sumarían colaboraciones. Por ejemplo algunas de las acciones poéticas conocidas como «pegadas» eran musicadas, varios grupos y solistas rotaron aunque la mayoría de las acciones eran sin hilo musical.

También era un grupo abierto, en lo relativo a la participación en las acciones, por lo que han confluido un montón de amigos, amigas, amantes, novios y novias, bailarines, pintores, fotógrafos, artistas callejeros, oficinistas, funcionarios, políticos (de orden municipal) y algunos poetas al fin, que traían su propio material o en cualquier caso frases de Benedetti, algunas incluso las traían directamente recortadas de un viejo calendario.

#todossomosjuangalvan

Nadezka Álvarez @nadezkaal

¿Es posible la unión de los venezolanos? Una carta abierta a mis hijos PTL.MQ/dfh

Mister Red @misterred

un verdadero revolucionario tiende la mano @nadezkaal pero no pone la otra mejilla *#novolveran*

Milagros Socorro @milagrosSocorro

@misterred tiende la mano o pone la mano? Hoy a las 5pm *#sacatucacerola #robolucion #todosalacalle #todossomosjuangalvan*

Mister Red @misterred

ya sabes que a ti no te tiendo la mano HP contigo plomo @milagrosSocorro *#novolveran*

Chepina @chepacandela8

Allá nos vemos @milagrosSocorro en una hora *#sacatucacerola #robolucion #todosalacalle #todossomosjuangalvan*

Rojito @rojorevolucion

Alertando desde ya a @policaracas y a *#alertacolectivos* a reventar a los guarimberos *#NOalimperio #novolveran*

Milagros Socorro @milagrosSocorro

el pueblo de verdad ya perdió el miedo @rojorevolucion *#sacatucacerola #robolucion #todosalacalle #todossomosjuangalvan*

Galván

Cuando uno es venezolano escuchar cada uno de los ruidos en el silencio de la noche y encontrarles respuesta es un verdadero dolor de cabeza. En realidad nunca entraron en mi casa ni en Valencia, ni en Sevilla, pero para cada uno de los ruidos hay un final macabro.

Está el ruido de pasos y el de pasos apresurados en los que siempre un intruso está ya adentro (el ruido de entrada fue inexistente o confuso y disfrazado con el del camión de la basura) y se aproxima irremediablemente a tu cuarto. Los ruidos de pasos son los más comunes y también los más vulgares, se pueden confundir con los de la mascota (si se tiene) con los de algún otro inquilino, con los pasos del vecino de arriba, de abajo, de al lado etc. Vivimos tan cerca unos de los otros que nos pasa esto.

Luego están los ruidos de apertura, relacionados con puertas, portones y ventanas. Esto quiere decir que los ladrones irremediablemente han franqueado mediante la violencia cualquiera de las puertas de nuestra casa. El caso es que cualquier ruido del exterior, desde un disparo, hasta el ruido de un coche o la tapa de un basurero de la calle puede ser confundido con el ruido de apertura lo que multiplica claramente las alertas. Este ruido de apertura es el que te hace saltar de la cama, coger lo primero que se encuentra, y rezar porque no sea nada. En el caso de que lo sea entonces sueñas con encontrar al ladrón en una posición desfavorable de entrada para poder aplicarle un golpe en la cabeza, un empujón al vacío o una llave de judo. A veces sólo cerrar los ojos muy fuerte y esperar que todo pase o que no sea nada, a veces rezar por encontrar un escondite improbable.

Muy asociado al ruido de apertura está el ruido de escalada. Este ruido lo crearon en el imaginario colectivo los ladrones llamados hombres araña que trepaban por las fachadas de los edificios y una vez adentro robaban lo que encontraban a mano siempre que lo pudieran llevar fachada abajo tipo relojes, alhajas, carteras, maletines, pequeños artículos electrónicos. Muchos de estos artistas del robo luego mutaron en arañas venenosas, que además de trepar por la fachada una vez dentro reducían a los inquilinos y robaban a placer. Este tipo de ruido está asociado con el viento, sonidos metálicos y de móviles en las terrazas y al igual que pasa con el sonido de apertura uno salta de la cama con la esperanza de coger a la araña en una situación incómoda y poder arrojarla al vacío.

Estos son los ruidos típicos aunque hay muchos más, además de innumerables combinaciones que pueden hacer a un venezolano pasar la noche en vela cuando es un poco aprensivo como es mi caso. Algunos optan por dormir con su mujer (si tienen) y un arma. Yo nunca tuve armas. Ahora mismo escucho el ruido de apertura en la puerta y espero que como las otras veces sea sólo eso, un ruido. Escucho los ruidos a lo lejos de lo que parecen caceroladas. Escucho algún tiro de vez en cuando. Los ruidos con los que uno crece cada noche en Venezuela.

Era Roselyn.

Nadezka

Cómo di con Juan Galván la verdad que fue propio de un poema. Fue una cosa que sale después de mucho observar y de repente caer en la cuenta de que todo estaba ahí frente a tus ojos. Es como atravesar el umbral y descubrir que la puerta siempre estuvo abierta. Al menos así creo que debe ser la poesía o así me gustaría escribirla si la escribiera y no hiciera artículos de opinión o información veraz ambas mezcladas y confundidas en la prensa.

Los primeros pasos los di en un sentido, luego en otro y al final terminé dándome de bruces con el poeta, al que no se le conoce verso. En las manifestaciones de los escuálidos supuestamente cantaban sus principales versos a grito pelado a modo de canto bélico sin embargo yo sospecho, como la mayoría de los presentes, que esos versos pertenecen más al imaginario colectivo que al poeta o que directamente pertenecen a algún mamporrero con bandera y pancarta.

Primeramente me dirigí a los poetas propiamente dichos, a los poetas maracuchos y en el fondo a los poetas venezolanos, aunque decir poetas venezolanos es darse con una piedra en los dientes y estallar la boca en muchos pedacitos bien distintos pero de la misma materia.

Por un lado están los poetas bolivarianos, los entregados a la idea y a la figura o directamente los políticos encumbrados que saben juntar alguna letra y se erigen en los poetas del pueblo. Estos se llevan a rabiar con los poetas de siete estrellas, rabiar es un decir, porque en algunas tertulias han acabado a palo limpio e incluso en algún recital se han escuchado tiros.

Los poetas de las siete estrellas son tan variados como la argamasa del frente de la democracia y el único nexo consiste en ser opuestos al régimen. Aquí están desde los descendientes nazis de Franz Zwickau y su Comuna Aria Naturalista, pasando por los ultracatólicos de la aristocracia criolla, hasta los jóvenes universitarios de clase media-baja que van en autobús y se denominan liberales y modernos.

Otro gran grupo lo conformarían los poetas originales, determinados sobre todo por su raza o color de piel y que escriben en castellano pero también en lenguas como ellos dicen «originales» como pemón o wayúu y tratan temas de la mitología indígena pero aplicada a nuestros tiempos y en la que la naturaleza le gana terreno al asfalto, los primeros dioses como el sol o la luna miran al hombre a la cara y lo destierran, salvando por supuesto al hombre original que vive en comunión con la naturaleza.

A parte de estos tres grupos que dominan la escena nacional, existen otras agrupaciones minoritarias y/o subgrupos en los que podrían incluirse los puristas venezolanos que son los antiguos poetas «nacionales» encumbrados por el régimen anterior y que ahora no son aceptados en ningún sitio, excepto algún poeta de culto y homosexual que se invita a los recitales para darle colorido y pluma. Luego están los poetas del llano que son un grupo emergente pero endogámico que no termina de cuajar en la ciudad por su machismo y rudeza extrema. La mayoría de estos poetas escribe contrapunteos, joropos y dan la vuelta a casi todo el repertorio de la llamada música criolla.

Por último y aunque me dejo de lado grupos medio importantes como las guacharacas (aunque ellas se hacen llamar las cuaimas) única agrupación feminista de poesía en Venezuela, están también los poetas afrolatinos que cantan a la libertad de sus antepasados muertos y que se creen o se saben aún esclavos y cantan tonadas apocalípticas en las que destruyen cualquier orden establecido para arreglarlo todo de nuevo.

El caso es que me dirigí a grupos y subgrupos, a representantes y editores y ninguno sabía dar con Juan Galván. Es más, el último poeta vivo español que conocían era Antonio Gala, cuando mucho y en casos extraños de algún profesor universitario de filología era a Luis García Montero y en casos extrañísimos a Felipe Benítez Reyes. Nadie había oído hablar, ni sabía el paradero de ningún poeta hispano-venezolano, exiliado y contrarrevolucionario castigado por el régimen al volver.

Nadie de la organización, excepto Walter Patiño, conocía a Galván. El programa del Festival de poesía de Maracaibo a última hora y en extremis había incluido a un desconocido Juan Galván que venía en calidad de editor y que en segundas y terceras versiones del folleto se convirtió en poeta y editor y finalmente en Poeta Español, escrito así con mayúsculas en el programa oficial.

Ese último programa fue escrito por el mismísimo Walter Patiño que formaba parte intermitente de los poetas siete estrellas, poetas que monopolizaban el cartel del festival y que trabajaban como voluntarios en la organización del evento.

Walter Patiño sabía lo mismo que todo el mundo pero un poco más. Había hablado con el poeta (indistintamente editor durante la conversación) cuando este estaba en el aeropuerto. Había sido robado, no tenía documentación ni dinero, no podía ir a Maracaibo y estaba solo en Caracas.

Al parecer el poeta era originario de la ciudad de Valencia, en el Estado Carabobo y no tenía familia en Venezuela. Walter Patiño alcanzó a darle el teléfono de una prima o más bien amiga lejana que vivía en algún punto de la capital. Le dio el teléfono móvil de Roselyn y no volvió a hablar con el poeta que no atendía sus llamadas.

Sabía, Patiño, que había estado en casa de Roselyn al menos un día y luego el poeta entraba en el silencio, un silencio roto por las manifestaciones que azotaban el país y que en teoría recitaban sus versos a viva voz.

Perozo

La actividad del grupo *un amor*, en la que participaba Galván, se resumía en organizar exposiciones itinerantes. Estas exposiciones versaban más o menos sobre lo mismo pero con algunas variaciones. Se trataba de imprimir poemas y pegarlos en distintas vidrieras de locales abandonados.

Por un lado Toni de Elías estaba en poder de un ingente material, sobre todo gráfico, con gran cantidad de fotos y poemas visuales impresos en las horas muertas de su época en la imprenta que le daban colorido a la exposición. Por otro lado confluyó una epidemia de cierre de locales durante la crisis del 2007. Por esta razón el grupo disponía de un lienzo en blanco o más bien transparente, ya que las cristaleras eran eso cristaleras, por toda la ciudad.

El resto de los miembros del grupo y los invitados más o menos permanentes u ocasionales traían composiciones mecanografiadas o a mano y completaban la exposición. El pegado se hacía con teipe.

Si tuvieron algún problema en lo sucesivo, no fue ni de lejos parecido al caso Giralda, al que nos referiremos en el siguiente informe. En el mayor de los casos algún guardia urbano mandó a desmontar la exposición, que a los minutos se trasladaba a la vuelta de la esquina, o recibían alguna reprimenda de algún vecino y/o dueño de local del tipo: yo luché en la guerra civil y para esto….

Sin embargo, los dueños de locales entendieron que en algunos casos las exposiciones llamaban la atención sobre el local y sobre su situación (alquiler, venta, etc.) y en la mayoría de los casos no ponían objeciones. En cuanto a los vecinos y transeúntes las sensaciones en su mayoría fueron de apoyo al ver que se trataba «sólo» de poesía.

Con estas actividades ganaron alguna notoriedad en medios y en la ciudad, pero sobre todo en los círculos de poesía locales, esos espacios endogámicos ávidos por amar y odiar cualquier nueva manifestación poético-artística. Pronto empezaron a ser invitados a recitales, festivales, fiestas ecologistas y cualquier celebración-debate más o menos alternativa, además de recibir ofertas de publicación. Con un libro en ciernes y la admiración, que era lo mismo que decir la envidia, de otros grupos de la ciudad *un amor* pasó a ser una «asociación cultural» con intenciones de difusión poética y acción cultural y editorial. Sin embargo, pasó algo que ninguno de los integrantes esperaban: llegó al grupo Ninfa Umaña.

#todossomosjuangalvan

Nadezka Álvarez @nadezkaal

@jgalvan de nuevo trending en *#Venezuela* sigue la cacerolada *#todossomosjuangalvan* trqAS.qa/Jke

El Nacional @elnacional

Especial todo sobre el caso @jgalvan y *#todosalacalle* ymUL.WE/Yzvs

Aporrea @aporrea

Seguimiento minoritario de los escuálidos a la cacerolada *#NOalimperio #novolveran*

Chepina @chepacandela8

Toda *#Caracas #sacatucacerola* y vibra con @jgalvan *#todosalacalle #todossomosjuangalvan*

Rojito @rojorevolucion

Triste guachafita están dando los escuálidos cada vez menos bulla *#alertacolectivos #novolveran*

Milagros Socorro @milagrosSocorro

«Triste es la violencia ciega» de @jgalvan *#todosalacalle #todossomosjuangalvan*

Mister Red @misterred

Más triste es una cabeza hueca @milagrosSocorro *#novolveran #alertacolectivos*

Chepina @chepacandela8

Toda #*Caracas* con @jgalvan #*todosalacalle* #*tristeeslaviolenciaciega*

II Festival de Poesía de Maracaibo @FPM

Podemos confirmar que @jgalvan está vivo en Caracas gracias por el apoyo #*todossomosjuangalvan*

Día 3

Galván

Decidí empezar a moverme. Llamé al taxista desde el teléfono de Roselyn. Calculé que podría haber adelgazado tres o cuatro kilos desde que llegué a Caracas. Intenté acicalarme lo mejor que pude en el agua sucia. Sonó el claxon. Era la señal. Iría rumbo a la embajada española. El trayecto hasta la embajada transcurrió como en una bruma en el sol de Caracas.

Está difícil, me dijo. Yo sólo quiero ir a Maracaibo, le dije. Pero el funcionario de la embajada me continuaba diciendo que estaba difícil. Un salvoconducto, un pasaporte o una cédula como dicen acá, un documento provisional o algo parecido era lo que necesitaba. Él me dijo que imposible, que ese tipo de documentos sólo se usaban para salir del país pero nunca para viajar por el país.

Que me ayudara, le dije, que para eso era la embajada. Tú también eres venezolano, me dijo, anda a sacarte la cedula a ver cuánto tardan, me dijo, con una media sonrisa. Esto no es de recibo, le dije, mientras él miraba el ordenador. Oye, la única forma de irte a Maracaibo es sin nada y te arriesgas, me dijo.

Fue entonces cuando por enésima vez le dije lo del festival de poesía, lo de Walter Patiño esperándome, lo de los libros, lo de que rondaba la tragedia, pero sin lágrimas que no era para tanto. El me dijo que en los autobuses de Venezuela no iba a pasar desapercibido precisamente y dijo que no llegar a Maracaibo era mejor que terminar preso por indocumentado o algo peor. Yo no tenía mucho más que decirle mientras miraba su ordenador y tecleaba algo o hacía que tecleaba.

Si alguna vez había estado preso, aquí o allá, me dijo. Yo le dije que ni aquí ni allá. Él me dijo que no me gustaría ver las cárceles de aquí, ni lo que pasa en las cárceles de aquí, aunque fuera sólo un calabozo de una comisaria podía ser muy duro. Algo sabía le dije, pero tampoco quería entrar mucho en detalle.

¿Qué puedo hacer? le dije. Búscate la vida me dijo, lo siento, me dijo, no está el país para poesía, me dijo. Me quedé mirándolo como si no lo hubiese oído. Me quedé mirándolo como no queriendo oírlo.

Le dije que por lo menos me prestaran dinero o que me dejaran hacer una llamada a España o incluso que me recibieran un giro postal de Correos, todo eso junto y a trompicones, le dije. Me dijo que la embajada no es una agencia de viajes, ni está para hacer de secretariado a los turistas desafortunados.

Se quedó un rato en silencio, el vértigo comenzó a crecer, continuaba viendo el ordenador, hasta que me dijo que si no tenía otra cuestión que él necesitaba terminar algo importante.

Fue entonces cuando le dije que no me movería de allí hasta que no resolviesen mi situación, aunque solo fuese lo de la llamada. Me habían cortado el teléfono, la compañía telefónica lo hacía por seguridad.

No sé si entonces apretó un botón de alarma, o metió algún comando en el ordenador, o ya lo había metido desde hace tiempo. El caso es que un policía nacional estaba a mi lado y me sujetó con su brazo izquierdo por una de las axilas.

Este señor lo va a acompañar a la puerta, dijo el funcionario. Me solté con un movimiento rápido y dije, ya voy yo. Efectivamente me acompañó el policía por una serie de pasillos de la antigua casa colonial que era la embajada y me siguió acompañando durante las dos horas que estuve en la puerta sabiendo que estaba perdido. Las luces se apagaban adentro y afuera. El bonito atardecer caraqueño daba paso a una noche oscura. Decidí empezar a moverme.

Nadezka

Walter Patiño se hizo mucho de rogar hasta llegar a darme el número de Roselyn, donde supuestamente se había quedado Galván. El editor estaba en un paradero «seguro» no paraba de repetir. Que se sentía responsable por Juan Galván y sabía de «buena tinta» que muchas personas estaban buscando al poeta y no para bien.

Patiño no era muy amigo de las redes sociales, sólo tenía un vago perfil de Linkedin, y al parecer se había recluido en casa de un amigo a raíz de toda la humareda causada por el caso Galván.

Sólo después de cinco horas y unas once llamadas de por medio, además de tener que publicarle una entrevista en el Nacional, accedió a darme el número de teléfono de su prima o de su amiga. Patiño temía que la Guardia Bolivariana o alguno de los colectivos maracuchos dieran con él. Constantemente comentaba que las líneas no eran seguras y que tomara precauciones si por fin daba con el poeta. Para Patiño esto se estaba convirtiendo en una bola de nieve incómoda que hacía peligrar la integridad de Galván y de sus «amigos».

En la entrevista pactada, Patiño hablaba de la poesía venezolana «esa gran desconocida del pueblo» que él y una serie de jóvenes poetas (todos ellos cerca de los cuarenta) llegarían al pueblo por medio de sus obras que rescataban la tradición de la poesía venezolana, querían llegar al gran público, pero sobre todo a los niños «el futuro del país».

Luego hablaba de que la poesía trascendía y no entendía de escuálidos ni oficialismos y que el Festival de Poesía de Maracaibo por primera vez aunaba a una representación bastante exacta de lo que es el panorama poético actual.

Finalmente hablaba de forma confusa de su libro «una historia de amor deconstruida» según él, pero aún hablaba de forma más confusa de Galván, al que llamaba como antes indistintamente poeta, editor, mecenas y agitador cultural.

Sentía que camino a Maracaibo el poeta español hubiese caído en las fauces de la delincuencia común y que toda la familia de la poesía lamentaba encarecidamente la ausencia de Juan Galván en el Festival, pero que sin embargo gracias al hermanamiento y a la vida en poesía Juan Galván se encontraba a buen recaudo en Caracas y que próximamente procedería a continuar su viaje a Maracaibo o bien regresaría a España para seguir trabajando por y para los poetas.

Sin embargo, al llamar a Roselyn el paradero del poeta no era del todo seguro. El editor efectivamente se había quedado en casa de Roselyn un día ¿o eran dos? el caso es que había enfermado gravemente y se había ido del barrio a una pensión. Sin embargo, Roselyn no sabía dónde podía estar el poeta a ciencia cierta y el teléfono de Galván llevaba un par de días fuera de servicio.

Perozo

Debido a su actividad con este grupo, Juan Galván se ganó sus únicos antecedentes delictivos. Fue detenido durante un día y multado con seiscientos euros, acusado de atentar contra el orden público y por delitos contra el patrimonio histórico y cultural de Sevilla.

Los hechos que se narran hablan de que Juan Galván acompañado por Toni De Elías y Alfredo Hermosín se introdujeron en el monumento de la Giralda, antiguo alminar de mezquita y hoy campanario de la catedral de Sevilla, infiltrándose en un grupo de turistas rusos que visitaban el monumento. Cuentan los testigos que una vez adentro se apartaron del grupo de rusos y subieron a toda velocidad las 35 rampas de la torre, dispuestas de esta forma para ser subidas a caballo, alcanzando a un grupo de japoneses que ya hacía cima y a un grupo de estudiantes italianos que recién salían del mirador que hay en lo más alto de la torre.

Una vez allí y siempre según los testigos (dos japoneses, tres italianas y dos guardias de seguridad del monumento) los poetas se dispusieron a lo largo del balcón, mirando hacia la plaza de la virgen de los reyes. Uno de ellos, se cree que Toni de Elías, cogió un móvil y habló durante unos segundos. Acto seguido, de dos grandes bolsos cruzados, uno lo llevaba Toni y el otro Juan, sacaron un montón de folios mecanografiados por una sola cara.

A la señal de Alfredo Hermosín los poetas se asomaron al balcón de la Giralda y lanzaron folios llenos de poemas con todas sus fuerzas.

Los folios salieron despedidos con fuerza primero, luego se quedaron como suspendidos por el viento y parecieron regresar al campanario, entonces todos reventaron en el aire como una bandada de pájaros que cambian de dirección o más bien como si todos formaran parte de una misma ala que golpea el viento.

Se escuchó el golpe sordo seguido de un ¡OOOOH! pronunciado en castellano, en italiano, en ruso y japonés. Entonces los folios comenzaron a descender lentamente, oscilando en el aire como copos de nieve, cayendo en la plaza de la virgen de los reyes, pero también en el patio de los naranjos y en los techos de la catedral y en lo más alto de los naranjos que rodean la catedral.

Los poetas corrieron rampa abajo e hicieron el viaje inverso esta vez sin folios en las mochilas y sonriendo. Abajo estaban los guardias de seguridad con la puerta acordonada. En las afueras del templo esperaban dos patrullas de policía.

Esa noche durmieron juntos en el calabozo, dicen que contentos de estar encerrados. Durante varios meses después se podía estar paseando por la catedral y ver caer algún folio de los tejados o ver alguna hoja suelta por el suelo con poemas sin firmar.

#todossomosjuangalvan

Nadezka Álvarez @nadezkaal

La Embajada de USA en *#Caracas* desmiente relaciones con @jgalvan

Aporrea @aporrea

Otros desmentidos de USA: de Nicaragua a Irak *#NOalimperio* fRts.OmE/Iyu

Chepina @chepacandela8

Importantes altercados en *#guarimbas* que apoyaron a @jgalvan *#todosalacalle #todossomosjuangalvan*

Mister Red @misterred

@chepacandela8 lo que tu llamas altercados es la respuesta del pueblo a las cacerolas *#novolveran #alertacolectivos*

Aporrea @aporrea

Colectivos se movilizan para esclarecer caso @jgalvan *#NOalimperio* fRts.OmE/Iyu

El Nacional @elnacional

Disturbios en *#caracas* a favor y en contra de @jgalvan ymUL.WE/Yzvs

Rojito @rojorevolucion

El pueblo respondió al ruido de la extrema derecha *#bravopueblo* *#alertacolectivos* *#novolveran*

Milagros Socorro @milagrosSocorro

como dice el *#bravopueblo* abajo cadenas venezolanos @rojorevolucion *#todosalacalle* *#todossomosjuangalvan*

Galván

La pensión Covadonga es una isla en Caracas. Fue la única pensión en la que aceptaron alojarme sin pasaporte, después de un triste peregrinaje por las pensiones recomendadas por el taxista de Roselyn. Allí estaba sólo entre seis millones de personas, en mi isla. Lo que para mí era isla de soledad para otros era una isla en la que abandonarse. Trasiego de pasos en los pasillos casi siempre acompañados y emparejados, trasiego de gritos en las paredes, trasiego de cabecero que es tambor contra el ladrillo.

La vida en la pensión Covadonga es tranquila a pesar de esto. Los gritos: los gritos han sido variados, desde los más estridentes que van acompañados de miamores y papitos o mamita hasta los gritos roncos y callados del clímax. A pesar de los vómitos, a pesar del calor y la soledad entre seis millones de personas, a pesar del desamparo de la Gran Caracas, es bonito sentirse acompañado de estos chillidos rítmicos, de estos pasos relajados del que ha hecho un buen trabajo, de la tranquilidad después del vértigo.

Estas son las historias más bonitas que me ha contado Caracas hasta ahora. El placer tan próximo y sin embargo tan lejano ahora. El casi amor, aunque sea mentido y sudado, de la intimidad. Los gritos en el atardecer sobresaltan pero no angustian. Quizás con el tiempo angustien de pura envidia, pero de momento reconfortan igual.

Dejarse estar entre los gritos, escurrirse entre las sábanas que ya necesitan un cambio y que se quite la papeleta de no molestar y que se limpie un poco la habitación y abrir las ventanas para que entre un poco el aire y la tierra que baja del cerro y la tierra que se abre camino entre este valle de seis millones de personas.

Trasiego de cosas, trasiego de libros, trasiego de pasos y gritos y fluidos, todo es trasiego en Covadonga, todo es pasajero en la pensión, todo es eterno en esta pensión de emigrantes que se ha quedado suspendida en el tiempo.

La pensión Covadonga es la única que me ha aceptado sin documentación. La única que me aceptó sin tarjeta de crédito. Sólo el pagar dos días por adelantado en dólares y la promesa de que el crédito y la documentación llegaría más tarde. La primera isla de esperanza en Caracas.

Nadezka

Hoy es el desmentido. Ahí viene el desmentido. Aunque esto ya se sabía. A ese pobre hombre nadie lo quiere. Nadie lo quiere porque aún está vivo. No sé si vivirá para contarlo o para contármelo.

«El gobierno de Estados Unidos desmiente relación con el poeta Juan Galván». Quizás ese titular sea el bueno. Quizás como entradilla: «la vocera del Departamento de Estado niega igualmente que haya una solución *made in america* para el pueblo venezolano, desmarcándose así de cualquier posible escenario de transición».

Y sin embargo Juan Galván perdido en una posada de Caracas, Juan Galván y su camisa sucia, Juan Galván y un solo hombre al que este país quiere matar «de esta manera el gobierno norteamericano sale al paso de las acusaciones que desde la Asamblea Nacional se vienen vertiendo en los últimos días sobre un plan orquestado desde el imperio que incluiría al poeta desaparecido».

En este sentido fuentes oficialistas han resaltado que «hay un plan para llenar de violencia el país, los golpistas no han renunciado a sus intenciones de destruir el país por la vía de la violencia (...) y algunos de estos perversos golpistas guarimberos se han dado a la tarea de buscar bandas criminales dedicadas a la violencia y contratarlas con la connivencia de nuestro vecino del norte».

Es fácil morir en este país, es muy fácil morir. En sucesos lo veía todos los días: un atropellado cruzando la autopista, cuatro balazos en la cabeza por mirar a la novia, uno desangrado con un disparo en el estómago por un robo común, un autobús que pasa por encima de un borracho que celebraba el campeonato de los Leones de Caracas. Eso es cosa del diario. Pero si todo el país, todo el oficialismo entero, más toda la oposición, además del hampa común, además de los accidentes cotidianos de Caracas se ponen de acuerdo para borrarte del mapa, en definitiva pobre poeta.

«La vocera del departamento de Estado anunció además que en términos de cualquier transición, cualquier sucesión, tiene que ser constitucional y decidida por los venezolanos, además reconoció ante preguntas específicas de la prensa, que obviamente hablamos con venezolanos de todo el arco político, como hacemos con todos los países en el mundo aunque descartó explícitamente que se tenga algún tipo de contacto con el poeta Juan Galván».

Desmentidos, acusaciones, declaraciones y mientras Juan Galván se pudre en una pensión. Debo entrevistar a Juan Galván. Tengo que encontrar esa pensión.

Perozo

El primero en darse cuenta de lo que pasaba probablemente haya sido Hermosín. Esto siempre basándonos en su poesía a espera de confirmaciones oficiales por parte de testigos.

En los poemas «costilla compartida» o «yo miro» fechados en su antología «2012» puede verse la primera adivinación del triángulo amoroso entre los tres poetas. En esta antología como suele pasar con los poetas jóvenes, se ve una poesía muy despojada y muy autobiográfica, en ella pueden identificarse también otros aspectos sobre la personalidad de Hermosín.

En otra de las fuentes, la autobiografía de la propia Ninfa titulada «mi vida entre poetas», se puede observar que Hermosín fue el primero de los amantes y De Elías el segundo. A partir de aquí los puestos y las camas confluyen y se difuminan. Esto por supuesto y como suele pasar siempre condujo al grupo al desastre. Primero muriendo lentamente, las exposiciones itinerantes fueron cesando, se realizaban acciones cada vez más aisladas y casi siempre a petición de un festival y/o medio de comunicación, las publicaciones en los medios de difusión del grupo fueron apagándose.

Finalmente languidecerían hasta su completa inactividad en el momento en el que De Elías comunicara su renuncia y separación total del grupo para continuar su carrera fotógrafo-escrituril en solitario. El abandono al grupo puede verse en una nota explicativa dentro del blog en la que, a modo de carta abierta, Toni De Elías comunicaría a «quien quisiese saberlo» su «paso a un lado y a otro» con el que se «desligaba en el futuro de *un amor*».

Desde luego en la comunicación no se hacía mención a Ninfa, ni tampoco hacía falta ya que su renuncia coincidió con el destape de la Umaña a los ojos de Toni. Así lo sabían los miembros del grupo y así puede verse en una especie de biografía grupal publicada en el blog personal de la poetisa.

«La cosa se descubrió como siempre se descubren los pasteles, entre sorpresa y sonrojo. Un día en que Toni y yo coincidimos sin quererlo en el 84 Bar (también estaba presente Juan Galván), yo había quedado en el 87 Bar, dos locales de separación en la misma alameda, con Hermosín para dar un paseo y lo que se terciara...» según cuenta Umaña en su blog y continúa «...en este punto yo ya caminaba con Toni de la mano, ya Toni me había incluido dentro de su serie interminable de desnudos, ya habíamos gastado una remesa de condones que a Toni estaban a punto de vencerle».

De lo que se infiere en el texto Hermosín parecía disfrutar con la situación, aunque sus ataques de celos son sonados en la ciudad, parecía disfrutar con saber desde el principio la situación del triángulo, aunque uno de los vértices le pinzara en la espalda. Aún así se prestaba a la situación o más bien refrendaba haber sido el primero en estar con Umaña.

En ninguno de los documentos estudiados, ni en los poemas ni en las autobiografías grupales y personales, publicadas o no, existe constancia de la pertenencia de Umaña a ningún grupo organizado de seguridad o espionaje en U.S.A. aparte de su afiliación al Partido Socialista Obrero Español.

Aún así parece ser este el vínculo más directo entre Juan Galván y círculos de poder europeos.

#todossomosjuangalvan

Aporrea @aporrea

Se crea el Comité de Víctimas de la Guarimba y el Golpe Continuado @CVGGC *#NOalimperio #novolveran* tmurl.ast/ZAE

El Nacional @elnacional

«Comité de Victimas de la Guarimba es otra farsa del gobierno» @spearmj ymUL.WE/Yzvs

Rojito @rojorevolucion

Fin al golpe continuado y a la manipulación @spearmj *#alertacolectivos #novolveran*

Milagros Socorro @milagrosSocorro

Las guarimbas es la respuesta genuina del pueblo @rojorevolucion *#todosalacalle #todossomosjuangalvan*

Mister Red @misterred

@milagrosSocorro otro esbirro de los golpistas *#novolveran #alertacolectivos*

Galván

Despertarse de oídas por la lluvia. En lo que uno se empieza a desperezar aquí ya deja de llover. La lluvia viene y va sin casi ningún aviso. Sólo una nube que se viene, un viento que se levanta y ya está la cosa, ya está cayendo el agua. La mayoría de las veces rápida y violenta como esta ciudad. Se va también sin avisar, detiene el galope de manera abrupta, primero empiezan a dejar de escucharse las embestidas, luego algún goteo (de gota gorda) que prácticamente es una lluvia residual o que cae de algún quicio, unos segundos más tarde la nada. A veces incluso se abre el día.

Ahora me levanto y falla algo en la rodilla mala, siento un poco de mareo, intento saber cuánto tiempo llevo acostado pero no lo sé. Pienso en la rodilla y en cómo sería una tragedia total que ese esguince mal curado en España me reviente aquí en Caracas.

La vida no es más que una sumatoria y a veces los resultados son nefastos. Un hombre corría por la calle, más bien andaba a saltos por la calle y se iba fabricando un poncho improvisado con una bolsa negra de basura. Una mujer a punto de resbalarse al cruzar la calle se rehace de forma increíble, cruza antes de que un taxi la atropelle y coge unos cartones que están arrumbados junto a una papelera. Se acomoda los cartones a modo de visera y sonríe como diciendo *naguará* (que poco faltó en este caso) para seguir por la calle con paso lento y seguro.

La lluvia no me dejó ver a muchos más. Sólo a una señora que usaba un bolso gigante a modo de paraguas, pero sólo por momentos, porque luego miraba a ver cómo estaba el bolso, como si el bolso fuera derritiéndose allá arriba y luego el bolso otra vez paraguas y luego un soportal que da un respiro y ver si alguna de las fantasías incrustadas en el bolso se ha caído.

También un señor con camisa manga corta bien por dentro del pantalón y un poco sorprendido por la repentina tormenta, usaba un maletín de semicuero algo gastado y acostumbrado a las lluvias de Caracas, que de dos saltos cruzaba la calle y se metía en una de las galerías comerciales.

A lo lejos los motorizados en un pequeño puente estaban parados charlando, algunos subidos y con la moto encendida como si la lluvia fuese un semáforo que se fuese a poner en verde de repente dejando de chispotear. Algunos encendían un cigarro intentando no mojar mucho el tabaco, otros estiraban las piernas y hacían como que boxeaban con un compañero, otro directamente aparcaba en un bordillo y sacaba un periódico vespertino.

Todo eso pasaba durante la lluvia y mi rodilla me avisaba que al temporal le quedaba poco y yo dejaba a la lluvia y miraba esa rodilla izquierda como diciéndole: aguanta, aguanta vale, no me vayas a joder. Los canalones escupían a la calle ríos y ríos de agua y barro, ya empezaban a verse algunos charcos en las alcantarillas más grandes, alguna palma en esas alcantarillas que vaya a saber uno de donde vino, por ahí los perrocalenteros comenzaban a abrir sus puestos, los canalones calmaban el ruido y lo que antes fue rio ahora era gota. Así se iba la lluvia en Caracas casi sin darte tiempo a verla.

Nadezka

Treinta días de Guarimbas

La sociedad venezolana sigue dividida. Así lo evidencian los distintos núcleos de población que organizan las guarimbas, barricadas de resistencia urbana que ya cumplen un mes en las principales ciudades del país.

La polarización del país llega a su culmen en los últimos días con estas acciones pacíficas que ya han arrojado un triste saldo de 21 muertos, 900 heridos y más de 1084 detenidos a nivel nacional.

Para unos un «sacrificio necesario» y para otros «un acto de terrorismo» estas trincheras improvisadas cumplen un mes desde que se iniciaran en el Estado Táchira coincidiendo con las protestas estudiantiles que se han extendido por todo el territorio nacional.

Desde entonces las guarimbas se han convertido para muchos en el único medio de resistencia ante los graves problemas de desabastecimiento, delincuencia y desgobierno en el que vive el país.

Sin embargo, los niveles de conflictividad siguen creciendo y tanto la guardia nacional como los llamados colectivos arremeten diariamente contra las barricadas convirtiendo a las principales ciudades del país en escenario de una batalla campal.

El último en colarse en las guarimbas ha sido el poeta Juan Galván. En él se ha personificado la inseguridad ciudadana y por él se ha pedido en muchos de estos refugios y en las redes sociales, colándose el nombre de Juan Galván en lo más alto de las tendencias de tráfico online en el país.

Las reglas de oro de las guarimbas

Lo que comenzó como un acto cívico desestructurado ya tiene un manual de actuación, incluso un decálogo de buenas prácticas para guarimberos, aunque las reglas básicas de las guarimbas son las siguientes:

1) Cerrar tu Calle durante la madrugada.

2) No confrontar a las fuerzas del régimen «de frente».

3) No desplazarse fuera del área inmediata a tu casa (guarimba).

4) No Escuchar llamados de los conchupantes a detener la acción.

Este movimiento ha logrado mediante las redes sociales las cotas de visibilidad, organización y cohesión que no han podido conseguir una parte de los venezolanos por medio de los medios de comunicación tradicionales.

Sobre el término guarimbas

Según el catedrático de historia de la UCV Pedro Querales, el término guarimba se comenzó a acuñar como sinónimo de guarida durante la dictadura de Marcos Pérez Jiménez en la década de los cincuenta. En aquel momento la resistencia cívica comenzó a realizar pequeños actos de sabotaje urbano contra infraestructuras del régimen. Estos pequeños actos de sabotaje eran realizados muy cerca de las guarimbas o guaridas, por lo general iglesias, en las que los manifestantes se escondían de los esbirros del régimen una vez llevada a cabo la acción.

El término fue recuperado por el Presidente-Comandante que en 2006 llamó a los venezolanos a organizar guarimbas para resistir frente a la extrema derecha. No sabía el comandante que varios años después de su fallecimiento las guarimbas iban a ser utilizadas en contra de su propia revolución.

De mal necesario a conspiración fascista

Desde el gobierno se ha calificado a las guarimbas como un acto terrorista orquestado por la oposición. Voceros del gobierno aluden a que este movimiento es una pata más del fascismo que incluye la guerra económica, la conspiración política, la guerra mediática y por último la movilización violenta.

Para la mesa de Unidad democrática, que agrupa a las distintas voces de la oposición, las guarimbas son un mal necesario «una manifestación del pueblo que está harto de la inseguridad, el desabastecimiento y la inflación».

Perozo

La biógrafa no autorizada del grupo, Ninfa Umaña, es una de las poetas que mayor rastro ha dejado en las redes sociales, y sus blogs, escritos y noticias relacionadas han sido de mucha ayuda en la investigación.

Ninfa Umaña es capaz de muchas cosas. Tiene la capacidad de poner a rular un proyecto en muy poco tiempo. De ahí se explica que en solo unos pocos meses se haya convertido en una de las poetas más solicitadas de la ciudad.

Solía revestir todas sus apariciones con un aire de virtuosismo y fastuosidad. En un solo recital (de treinta minutos) podía incluir dos guitarras, un teclado, una bailaora, además de acompañar normalmente sus recitales con diversas proyecciones de imágenes: cuadros hechos por ella, por su hermana, alguna foto de Galván, de Hermosín o de De Elías.

Esto lo conseguía porque Ninfa Umaña era capaz de muchas cosas. Tenía la capacidad de gustar y por lo tanto de convencer y esa fue una de sus bazas para ingresar y permanecer en el grupo. Su poca experiencia en los ámbitos literarios, los suplía con su capacidad para relacionarse y para masajear y lubricar la historia de un amor y así introducirse en todos los eventos y puntos de encuentro en los que la poesía estuviese en juego.

Allí estaba *un amor,* desde los más arbitrarios y minúsculos encuentros como en el día mundial del gato o ciclo de recitales de Alfaqueque, hasta en los carteles más rimbombantes como en la inauguración de la casa del poeta de Sevilla.

Esta capacidad, unida a su pelo rubio y a sus ojos azules, serían elementos indispensables para su captación por cualquier agencia europea o norteamericana, aunque no se tiene verdadera constancia de que Umaña tenga algún rastro de sospecha en este sentido.

Sí que se tiene constancia de su participación activa, incluso como apoderada, en el Partido Socialista Obrero Español. Esto es motivo de sospecha para muchos, dado la implicación del Psoe en diversos actos de provocación en contra del gobierno bolivariano.

Su llegada a *un amor* coincide en el tiempo con la tramitación de su divorcio y al reencuentro con su antiguo amante de adolescencia Alfredo Hermosín. Posteriormente enamoraría a De Elías (ver poema Te Dejé).

Se tiene constancia de que Umaña en su ámbito profesional está más bien relacionada con la economía y la administración de empresas. Su último trabajo conocido tiene que ver con una ONG. Es en este puesto donde se extreman sus habilidades en la preparación, presentación y justificación final de proyectos de cooperación subvencionados por la Unión Europea. Además de llevar las cuentas de dicha Asociación, realiza una serie de colaboraciones con diversos bares y fábricas en lo que a gestión contable se refiere.

Sin embargo y antes de *un amor,* su vida no estuvo ni mucho menos separada del arte. A parte de escribir unos cuantos diarios y algunos poemas entrelazados con llantos y amores, Ninfa fue primero bailarina y posteriormente representante de bailarines, sobre todo de su hermana. Luego se concentró en escribir un libro de poesía. Está claro que consiguió publicar ese libro.

Este libro es casi un catálogo del grupo *un amor.* En él pueden verse las colaboraciones de muchos de los artistas invitados que normalmente participaron en las acciones-happenings de la agrupación.

Dibujos, fotos, un enlace a un videoclip en youtube, poemas, acuarelas, lienzos, en definitiva el libro «El año que fui poeta» nos ha servido para hacer una radiografía más o menos exacta de los artistas-colaboradores que han estado en la órbita de Ninfa y por ende de Galván.

Es también un problema añadido ya que los pasos de Galván se ramifican y habría que seguir realizando una investigación exhaustiva en todas estas direcciones. Del libro en sí poco más que destacar. Distintos poemas funcionando como piezas sueltas y que tocan temas diversos: calcetines, su hermana, su abuelo, un amor, un examor, etc.

#todossomosjuangalvan

Nadezka Álvarez @nadezkaal

De @jgalvan a las *#guarimbas* último artículo en @elnacional Yupb.gsjE/hqn

Chepina @chepacandela8

Arma tu guarimba un blog para la resistencia etp.FDA/vgl *#todosalacalle #todossomosjuangalvan*

Mister Red @misterred

la respuesta del pueblo auténtico no sale en los informativos *#novolveran #alertacolectivos*

Aporrea @aporrea

@jgalvan sigue en silencio *#NOalimperio* twr.ups/anb

Rojito @rojorevolucion

Compañero revolucionario a desmontar las guarimbas de la extrema derecha @chepacandela8 *#bravopueblo #alertacolectivos #novolveran*

Galván

No sabía si era un cuento de Cortázar o de Borges. Lo más probable es que fuera de Cortázar o seguramente de Borges o hasta puede que sea el argumento de un cuento de Bioy Casares.

El argumento habla del clásico desdoblamiento, tema borgiano donde los haya e incluso del primer y el segundo y el tercer y el incontable Cortázar. El doble o *Doppeltgänger,* el fantasmagórico que camina al lado en este o en otros universos. En este caso se habla de un hombre que está en un hospital (y no en una pensión de Caracas) y que ha tenido un accidente en moto, no sé si en moto o en bicicleta. El caso es que en las siestas o en los episodios febriles tiene una especie de sueño en el que es un hombre de alguna tribu centroamericana y antigua que huye del enemigo por la selva. Los dobles se van intercalando grácilmente y el que está postrado se encuentra cada vez más angustiado por el sueño del indígena, que se encuentra en una especie de cacería en la que él es la presa.

Finalmente el hombre es cazado sólo para darse cuenta en el último momento (literalmente, creo recordar que el cuchillo está entrando en la yugular) que en su escape desesperado había soñado con imágenes que no entendía, en las que estaba cómodamente acostado en una cama reposando de un accidente que había tenido en un vehículo extraño algo parecido a un caballo con ruedas.

Ahora no sé si estoy mezclando dos argumentos de Cortázar y de Borges que tienen dos cuentos muy parecidos y sólo me he quedado con un reverso, es decir, con dos dobles.

Es difícil recordar los argumentos en la postración de Caracas. Sería bonito que mi doble esté en Maracaibo, presentando los libros de Walter Patiño y recitando a los distintos poetas de la editorial, mientas yo estoy escapando del gobierno y de la oposición, de los periodistas y de los guardias nacionales, de las azafatas y las embajadas.

Sería bonito terminar mejor que el indígena que caminaba en la selva y sentía el olor de su sangre mezclada con el fango. Espero que detrás de esa puerta que ahora suena no esté un chaparrito apretado, con una camisa oliva, con una pistola en la sobaquera preparada para disparar.

Nadezka

Una gran historia y un poco de grasa en el teclado que voy limpiando, las huellas se dibujan en el teclado que debo limpiar justo en cuanto termine de escribir.

También debo coger un paño un poco húmedo y limpiacristales para pasarlo por la pantalla que al sol caraqueño se deja ver lleno de polvo. Y levantar un poco la mesa y limpiar las pelusas, que más que pelusa es tierra de la montaña que se viene a guardar en el valle de Caracas y entre los escritorios de la redacción.

Después de tantos y tantos y tantos cadáveres, después de ver los perros muertos en la cuneta y los motoristas decapitados y los chicos entre amasijos de aceite y sangre en la autopista regional del centro. Después de ver los cadáveres limpitos, solo con un agujero en toda la cara o un agujero mojado e imperceptible en la cabeza, después de los ajustes de cuentas tipo ejecución o de los ajustes de cuentas simplemente en los que el tiro interrumpía una carrera desordenada y los hacía descender por la loma torpemente dando vueltas de campana y llenándose de barro para terminar cerro abajo.

Después de los torpes robos frustrados y de los torpes héroes frustrados que plantaban un tiro en la boca de cualquiera. Después de hospitales del sálvese quien pueda, tan vacío de médicos como de dinero, como de justicia.

Después de todo eso Juan Galván y esta historia que puede llevarme lejos o al menos un poco lejos y tecleo porque quiero que esta historia cambie, que los decapitados de la autopista y los tiros limpios y los hospitales hacinados sean menos.

No creo que sea un espía Juan Galván, ni creo que sea un fantasma, es de carne y hueso, más de hueso y carne, pero es un hombre en definitiva y simplemente creo que pasaba por allí y que no entiende nada de robos, de apagones y de Venezuela en general. Si me apuras tampoco creo que entienda mucho de poesía, el caso es que no creo que sea poeta ni siquiera.

Lo que Juan Galván podría ser es mi pasaporte. Si es que Juan Galván realmente existe.

Perozo

Toni De Elías construyó su carrera de novelista sobre una base mínima de intentos de poesía.

Comenzó escribiendo poemas, o al menos los publicados en una primera tanda de *un amor* así lo atestiguan. Estos poemas los fue esculpiendo en forma de prosa y esta prosa fue haciéndose cada vez más larga hasta convertirse en relatos cortos. Así primero comenzó a comercializar un libro de poesía que al tiempo fue calificado de prosa poética. Luego los pocos críticos que leyeron el libro le otorgaron la clasificación de microrrelato amplio.

A partir de aquí, y ya fuera de *un amor,* se ha granjeado una saludable carrera como novelista, aunque auxiliado económicamente por trabajos ocasionales como profesor de inglés en academias o escritor de biografías y/o reseñas musicales en la página web de unas grandes superficies.

Sus temas en las novelas son de lo más variopintos: una historia de amor urbana y actual ambientada en una Sevilla actual e ideal, una historia de amor ambientada en la primera guerra mundial entre un oficial austro-húngaro y una aristócrata sevillana; una historia de amor en plena guerra fría que tiene su éxtasis durante la caída del muro de Berlín; una historia de amor prohibido en los albores de la feria de Sevilla entre un torero y un periodista norteamericano. Hay dos o tres novelas más, con diversas variaciones y ambientaciones del mismo tema: triángulos amorosos, besos y sufrimiento.

Su primera novela fue publicada por Galván, y salvo alguna que otra publicación o colaboración menor y puntual, no volvieron a trabajar juntos en nada literario, aunque se cuenta que su relación sigue siendo cordial, incluso amistosa.

En cualquier caso su influencia en Galván es innegable, se dice que De Elías fue el ideólogo de *un amor,* y también quien precipitó la caída del grupo justo cuando se encontraba en auge.

#todossomosjuangalvan

Mister Red @misterred

Otra basura de @nadezkaal no se atreve ni a nombrar a nuestro *#comandanteeterno* debe lavarse la boca antes

Chepina @chepacandela8

Gracias por el apoyo y la objetividad @nadezkaal *#todosalacalle* *#todossomosjuangalvan*

Milagros Socorro @milagrosSocorro

@nadezkaal una de las últimas voces independientes que nos quedan *#todosalacalle* *#todossomosjuangalvan*

Aporrea @aporrea

Las pruebas de la «objetividad» de @nadezkaal fotonoticia *#NOalimperio* fRts.OmE/Iyu

Nadezka Álvarez @nadezkaal

Gracias al apoyo y la fuerza de los venezolanos pronto tendremos noticias de *#todossomosjuangalvan*

Rojito @rojorevolucion

@nadezkaal prueba de la manipulación fascista *#bravopueblo* *#alertacolectivos* *#novolveran*

Nadezka Álvarez @nadezkaal

Un alto cargo del colectivo @frenteafrente destapará la verdad sobre el caso @jgalvan

Día 4

Galván

La avenida libertador dividía a las dos venezuelas. De un lado pequeñas señales de humo, pequeños montículos queriendo ser trincheras o simplemente guarimbas. Desde el balcón de la habitación se puede ver un carrito de supermercado volteado, contenedores de basura (volteados también), un termo eléctrico para calentar el agua que parece como arrancado de una mordida, papeles varios quemándose o escapando de las llamas, cauchos de varios tamaños, ladrillos y mobiliarios varios, en definitiva cualquier cosa puede servir para trancar la calle.

Algunas de las bocacalles de la avenida libertador parecían colapsarse en diversos puntos, siempre mirando hacia el este, para descongestionarse después de algún rato de negociación, de pelea o simplemente de aburrimiento.

Los locales parecían abrir y cerrar también tomando las mismas pautas. Algunos abrían de diario, otros dependiendo del día y hora o de la propuesta-protesta del día.

Hacia el otro lado despejado. Las grandes torres de misión vivienda y los grafitis: los ojos del comandante presidiéndolo todo. Autos que sólo se veían amenazados por el tráfico y los huecos de las calles, gente que tomaba el autobús se bajaba en la misma parada de siempre, miraba hacia atrás, veía el camino despejado y caminaba rápido las cinco calles hasta su trabajo. La gente en este lado y más hacia el oeste seguía realizando sus llamadas telefónicas en los locutorios improvisados que se armaban en medio de la calle con una mesa y un par de sillas de playa, cuatro teléfonos (uno por cada operadora) bien amarrados a sus cadenas y éstas al poste de la luz, y una señora gorda con un koala lleno de billetes vigilándolo todo.

Hacía días que no sabía nada de Walter Patiño que se había desentendido del asunto a estas alturas, no sabía si seguían recitando en Maracaibo desde las guarimbas o sin guarimbas o en la mitad normalizada o a estas alturas ya no sabía muy bien si Maracaibo tal vez ni existía.

Llevaba medio día sin vomitar y mi cuerpo tomaba cierto tono, el mínimo necesario para poder subir a un avión y emprender la vuelta.

Nadezka

«Al final el poeta se va a salvar»

Habla uno de los líderes del colectivo Frente a Frente. Describe cómo este colectivo afín al gobierno estaba involucrado en la búsqueda del poeta Juan Galván, además de «articular» con cuerpos de seguridad del Estado para mediar en las invasiones, entrar en barrios y desmontar guarimbas. Nuestra fuente permanecerá en el anonimato por razones obvias.

—¿A qué se refiere eso de «articular» con órganos del gobierno?

—Nosotros conocemos a la comunidad y nos debemos a la comunidad por eso la gente en determinados barrios nos siente como suya. Por esa razón a veces desde distintas esferas del gobierno contactan con nosotros para entrar en determinados barrios por donde no pisa la policía o para apoyar en determinados operativos y mediar con la gente u ofrecer seguridad a distintas personalidades. La última misión que nos encomendaron fue la de encontrar al poeta.

—¿El poeta? ¿Se refiere a Juan Galván?

—Exacto. El poeta que está metido en todos los sancochos. Mi jefe estaba muy preocupado por el poeta. Decía que había que encontrarlo a toda costa, que había que garantizar su seguridad porque se podía prender un zaperoco.

—¿Entonces es cierto que su colectivo fue encargado de ocuparse de la seguridad del poeta español?

—No, no. Cuando pasó lo del apagón y la posterior desaparición del poeta, había un indicio de que Galván estaba en nuestro territorio. Nos indicaron que se había alojado en una casa. Pero sólo lo localizamos días después en la pensión que usted ya sabe. Más o menos al mismo tiempo su periódico y nosotros dimos con el poeta. La desaparición del poeta y desde luego cualquier cosa que le pase será achacada a la revolución y puede tener incidentes internacionales, nosotros lo tuvimos a tiro, se lo íbamos a dar a la Guardia Nacional para que se lo llevaran pa` España, pero se metieron por medio desde arriba y ya no tuvimos nada que hacer. No nos dejaron trabajar.

—¿Si tenían tan buenas relaciones con gente del gobierno, qué pasó? ¿Por qué los apartaron del caso Galván?

—Porque les tocamos sus intereses.

—¿Cuáles son esos intereses?

—Los intereses son muchos y variados como cada uno de los protagonistas de este país, pero hay uno, el más grande quizás, la venta de droga. Nosotros no dejamos que se trafique en nuestro territorio y aunque la cosa no ha llegado a mayores más de una vez hemos tenido que correr a algún *malaconducta* que está bien conectado. Desde entonces nos la tienen jurada y muchos querían que algo le pasara al poeta en nuestro territorio para echarnos la culpa a nosotros. El poeta estaba en nuestro territorio.

—¿Por último, cree que Galván está vivo, cual es su teoría?

—Nuestros últimos datos son que el poeta está vivo y en eso creemos. Yo creo que usted también tiene conocimiento, está vivo. Espero que siga vivo porque su muerte no tendría ningún sentido. Yo creo que sigue en Caracas y que en los próximos días tendremos noticias, mire lo que le digo, al final el poeta se va a salvar.

Perozo

Hermosín fue uno de los vértices que componía primero el triángulo y luego el cuadrángulo de lo que fue *un amor*. Hermosín pertenecía a una saga de artistas y toreros y desde muy pequeño se inclinó por los primeros. Debutó en el mundo de la actuación en la película «Las dos orillas» en la que interpreta un doble papel dando vida a Alfredo un chico tímido e introvertido y a su hermano gemelo Felipe extrovertido y bullanguero.

Quizás sería un presagio, ya que muchos años después Alfredo Hermosín, el poeta y el de *un amor*, compartía su vida con Felipe Guimarães, su alter ego autodenominado paleopolítico, que daba mítines en plazas, happenings, bares, recitales y actos culturales.

Entre el Alfredo actor y el Alfredo poeta, dejando un poco de lado a Felipe Guimarães, hubo innumerables Alfredos: el estudiante de Filosofía, el estudiante de guión y dirección de cine, el clown, el actor, el figurante, el dibujante, el grabador, el fotógrafo, el camarero, el community manager y hasta el chapero.

Pero es su faceta como Felipe Guimarães la que más nos interesa. Este personaje calificado como postcontemporáneo, tuvo un papel fundamental en la llamada primavera española, siempre en la circunscripción de Andalucía o Sevilla.

Este movimiento aglutinó el descontento popular en distintos puntos de la ciudad, recopilando ideas y voluntades para un cambio político y una movilización ciudadana que promoviese la democracia participativa. Guimarães realizó varios de los discursos públicos, en actuaciones en parte desternillantes en parte ampliamente subversivas desde el absurdo. Se presentó como un candidato político a las elecciones generales españolas. Puede verse en los distintos vídeos de sus apariciones las caras entre perplejas y risueñas del numeroso público, que iba disminuyendo según pasaban los días y se repetían las peroratas de Guimarães con distinto guión pero con el mismo fondo.

Muy cerca de las actuaciones de Guimarães está Galván, que incluso publicó desde su editorial el *paleoprograma* de Felipe. Dentro de la publicación, prologada por Galván, se llama a «tomar las aceras y los aceros desde el resentido común para proinmolar la política de los políticos». Lo que vendría a decir que se debe promover la revolución, contrarrevolución en nuestro caso, desde la movilización ciudadana jalonada por el sector cultural.

#todossomosjuangalvan

Nadezka Álvarez @nadezkaal

@jgalvan vive y pronto estará con nosotros en exclusiva para el @elnacional mientras @frenteafrente da pistas fRts.OmE/Iyu

Colectivo Frente a Frente @frenteafrente

El colectivo @frenteafrente desmiente las informaciones del @elnacional y tomará medidas en la fiscalía

Rojito @rojorevolucion

Hay que eliminar a los traidores desde adentro @frenteafrente plomo con los vende patria

Milagros Socorro @milagrosSocorro

@rojorevolucion Los vendepatria son los que le vendieron el país a cubanos y chinos

Galván

Reencontrarme a Nadezka en otras circunstancias quizás hubiera sido bonito. Que me hubiese recordado, hubiera sido bonito. Ella tenía el pelo marrón con unas mechas rubias como quemadas y tenía ese moreno tan de aquí que iba cambiando a lo largo del año dependiendo del sol. Recordaba vagamente su cara y claramente su cuerpo. De momento sólo tenía una voz de muñeca que me había repetido hasta la saciedad que yo tenía el control, que yo sería el protagonista, que podría aclarar todo este embrollo. También me dijo con su voz de *sifrina* que ella no manipulaba, que ella era objetiva y apolítica. Que ella era periodista.

Yo me miré al espejo y estuve a punto de cambiar de habitación para evitar el encuentro. Creo incluso (ahora no lo sé, hablo de memoria) que llamé a la recepción para explorar la posibilidad de cambio y/o anonimato. No era posible ni lo uno ni lo otro.

Me cepillé los dientes cuatro veces (una vez por cada vez que vomité) incluso hice gárgaras con el jabón líquido del dispensador de la pared hasta que pude reconocer plenamente el olor a desinfectante en mi boca. Un par de horas después (aún tuve tiempo de vomitar una vez con su consecuente cepillado) pude reconocer a Nadezka. Venía con un fotógrafo, pero si soy sincero ni lo vi, creo que podría describir mejor cada uno de los pequeños vellitos del cuello de Nadezka que hacer un retrato vago y robot del fotógrafo. De más está decir que yo estaba hecho un asco.

—Hola —me dijo, extendiéndome la mano y casi todo el brazo.

—Hola —le extendí también mi mano e intenté no mirarle el escote.

—Bueno gracias por recibirnos, mi compañero es —sé que era el fotógrafo pero tampoco recuerdo su nombre.

—De nada, a decir verdad echaba de menos un poco de compañía —quise sonreír pero no sé si lo logré. Ella desde luego no lo logró, más bien se parecía a una mueca de asco.

—Bueno si quieres vamos a empezar por el principio, porque chico se ha montado una con todo esto, nosotros queremos reflejar aquí la verdad...

Las palabras fluyen a veces. Era estar con Nadezka y pensar en cada uno de los vellitos de su cuello, casi imperceptibles y rubios en su piel morena. Era eso y soltárseme la lengua y olvidarme del dinero, de la enfermedad, de las vomitaderas, de las ojeras y seguir charlando y riendo al fin y dejar atrás la cara de perro apaleado que se me había puesto nada más salir del aeropuerto.

Era como estar bajando a los infiernos pero desde fuera, a través de un cristal en una habitación climatizada. Era seguir bajando por el cuello de Nadezka que apuntaba todo en su libretita, y ver después del cuello ese collar con plumas y floripondios tan exagerado, como si tuviera que exagerar ella algo y ese collar como venido de alguna reserva indígena que enmarcaba tan bien el cuello y más abajo el escote con ese seno marcándose cada vez que se aferraba a la libreta como si necesitara ella marcar algo. Y seguir bajando en ese top negro y la lengua soltándoseme y hasta riendo por primera vez de verdad, sin vomitar y en 72 horas, y el ombliguito que quería escapar del top y mi vista perdida y disimulada que iba a la libreta, al ombligo, a los floripondios, al vientre que temblaba después de una risa sostenida en la que yo me reía de mí mismo y ella se reía un poco de mí y un poco de nuestro país.

Así se nos pasó la mañana hasta que ya había mucha hambre para seguir charlando, ya no había palabras para meter en la libreta y la enfermedad volvía de la tregua instaurada por Nadezka.

—Bueno yo creo que ya lo tenemos todo, creo que me da tiempo de montarlo en el periódico para que salga mañana mismo y más con la relevancia que tiene el asunto. ¿Podemos hacer algo por ti? —esto lo dijo como de pasada dándose la vuelta para recoger sus cosas y enseñando de nuevo ese cuello, el pelo corto y el top negro liso y estirado en su espalda bajando y cada vez más apretado.

—Si pudieras te lo agradecería. El caso es que se me acabó el jarabe a primera hora y si te soy sincero me da un poco de miedo salir a comprarlo ¿Si les doy el dinero podrían ir a una farmacia y traérmelo? —Ella se sorprendió, el fotógrafo ya había salido de la habitación aunque no estoy seguro, de él sólo recuerdo el click de su máquina.

—Por supuesto —dijo después de unos segundos cuando pudo recomponer la sonrisa— ahorita te la traigo, si se consigue porque aquí falta de todo.

—Toma, creo que cuesta cuarenta y poco —ya estaba saliendo al pasillo.

—Por favor, no te lo permito, esto será cortesía del periódico.

—Gracias, de verdad, no sabes cuánto te lo agradezco —estiré la mano pero la puerta estaba ya cerrándose. Ella no recordaba haber coincidido conmigo años atrás, no recordaba que se me iban los ojos y la baba cuando nos cruzábamos en los pasillos de la Universidad. Tampoco hice nada por recordárselo.

Nadezka

Una maleta a medio hacer o deshacer tirada en el suelo, al lado una bolsa grande y negra de basura de la que sobresalía un calzoncillo, un olor a cerrado y a periódico viejo, las persianas de la habitacioncita echadas hasta la mitad y las cortinas medio recogidas.

Delante de mí un Juan Galván que apenas podía andar, muy muy flaco y seco, con la frente continuamente sudada y unas grandes ojeras que acentuaban su delgadez. Una camisa guayabera blanca abierta y una camiseta blanca de interior con algunos chorreones y manchas de sudor. Parecía más un jugador de baloncesto que un poeta. Bueno un jugador de baloncesto pero retirado y casi en la ruina, agobiado por las deudas y adicto al póker o al porno por internet.

Así estaba Juan Galván y si no fuera por Charly, el fotógrafo que me acompañaba, me hubiese dado miedo y todo el tipo. Se sentó al borde de la cama, en una esquina y me señaló un sofá orejero que había junto a la ventana. A duras penas me senté, me imagine a los técnicos forenses con las luces azules viendo interminables manchas de cualquier fluido en el sofá. Charly le dijo que si no le importaba que abriera la persiana y la cortina para que entrase más luz en la habitación. Galván arqueó las cejas y se encogió de hombros y mientras Charly abría la ventana y yo sacaba la grabadora dijo que tenía que ir al servicio un segundo. Yo me reí un poco y dije que sí, me hizo gracia la forma de decir servicio en vez de baño y como dejaba pegada la lengua para sesear en la s y en la c. Cuando Galván desapareció Charly también se rio pero porque estaba abriendo disimuladamente la ventana y con la otra mano se tocaba la nariz poniendo cara de asco. Esta vaina apesta chama, me dijo, y no pude contradecirlo, así que deje fluir un poco la risa hasta que sonó el agua de la poceta.

Salió Galván, se había lavado un poco la cara y mojado el pelo, se cerró la guayabera. No sé si con esto empeoró o mejoró, aunque ya no se veían los lamparones de la camisa interior, ni tampoco la frente apretada por el sudor, la guayabera le quedaba demasiado grande, una o dos tallas más y la luz sólo empeoraba la blancura del poeta.

Charly empezó ya a disparar sin miramientos y Galván puso cara de circunstancia. Entre disparo y disparo me dijo ¿por dónde empezamos? Yo le dije: como siempre por el principio ¿por qué es usted poeta?

Perozo

Se ha producido el primer contacto entre Nadezka Álvarez y Juan Galván del que tengamos constancia. Ha sido en la modesta habitación de Galván de la pensión Covadonga. Nadezka Álvarez iba acompañada por su habitual colaborador Charly Vargas.

Posiblemente no es la primera vez que los tres personajes coinciden, como ya se ha dicho antes, Nadezka y Galván coincidieron en la misma Universidad y como se verá en el informe anexo sobre Vargas, él y Galván posiblemente han coincidido en Londres o Sevilla.

La visita ha tenido una duración de cerca de dos horas y aunque no disponemos de escuchas, sí pudimos conseguir una visual de la ventana de la habitación de Galván. En ella se ha podido ver una larga conversación entre los tres sospechosos y lo que parecía ser una serie de retratos hechos por Charly Vargas a Galván.

En una primera impresión podría tratarse de una entrevista con la consiguiente recopilación de material gráfico, para su posterior publicación en breve. Debemos estar prevenidos ante cualquier publicación y mantener la maquinaria mediática alerta con el fin de contrarrestar el mensaje contrarrevolucionario del que seguro se hará eco el periódico de Nadezka.

Al finalizar la entrevista se dirigieron a tres farmacias en las cercanías del barrio y volvieron a la pensión esta vez por un breve espacio de tiempo. Sólo entró Nadezka y Charly Vargas esperó en el auto. Entregó a Galván una bolsa de papel. Sabemos que la bolsa contenía un par de medicinas utilizadas contra la diarrea y virus estomacales por lo que podemos confirmar que la salud del poeta es frágil.

#todossomosjuangalvan

Nadezka Álvarez @nadezkaal

Con @jgalvan en su hotel, pronto se podrá saber toda la verdad sobre el poeta pic.gdew/Iyu_*#todossomosjuangalvan*

Rojito @rojorevolucion

Este es el siguiente paso de la guerra mediática contra la *#revoluciondelsiglo21*

Milagros Socorro @milagrosSocorro

La noticia @nadezkaal esta en *#haiti* detenidos por narcos sobrinos de primera dama *#todossomosjuangalvan #narcorevolucion*

Chepina @chepacandela8

Sobrinos de la primera combatiente en narcotráfico *#narcorevolucion #todossomosjuangalvan* trq.gdew/rjz

Mister Red @misterred

Los sobrinos detenidos en *#Haiti* por la *#narcodea* otro hostilidad del imperio contra ciudadanos venezolanos

Nadezka Álvarez @nadezkaal

Galván enfermo y sin dinero tuvimos que comprar medicinas al poeta *#todossomosjuangalvan*

Galván

Recibí la llamada en la habitación de la pensión poco después de que Nadezka me trajera las medicinas, tardó un poco en traerlas pero al final no me falló, paga el periódico me dijo, gracias por la entrevista, me dijo.

Dejé repicar varias veces entre el sobresalto y la desgana. Tenía la voz cansada, después de dos días de silencio la charla con Nadezka me exprimió al máximo. Con cada timbre del teléfono parecía que la enfermedad abandonaba la tregua en que se había instalado junto a Nadezka. Miraba al techo, conocía ya el techo de la Covadonga mejor que cada uno de los libros publicados por la editorial. Alargué la mano. Respondí.

Me ubicaron desde Sevilla gracias a la Embajada Española de Caracas. Estaba todo dispuesto pero tendría que moverme rápido. Ya tenía el pasaje y un visado especial para viajar esa misma tarde. Tendría que recoger las cosas y llamar un taxi, debía ser un taxi de confianza, me facilitaron un par de números.

Hacía tres días que no escuchaba a mi familia pero parecía todo un siglo. Me ahorraron tener que dar el relato de mis tristes aventuras, a la vuelta me dijeron, que si estaba bien, que si podía hacer el viaje ya mismo, que si me estaban siguiendo, todo eso me dijeron. Respondí como pude con grandes monosílabos, masticados con calma: Si, siiii, creo que siiiii.

Me emplazaron a ir al aeropuerto lo más rápido que pudiese. Que facturase en *Iberia* y que allí lo arreglarían todo. Estaría esperándome un funcionario de la Embajada con todos los papeles para salir hoy mismo. Venga date prisa, me dijeron, ten cuidado, me dijeron, mañana nos vemos, me dijeron.

Nadezka

Me daría tiempo de sacar un avance y la gran exclusiva mañana. Perdimos un tiempo precioso buscando las medicinas de Galván. Tres farmacias distintas y pocos remedios en el mediodía de Caracas. Resolver la simple ecuación de necesitar una medicina, salir de casa, dirigirte a la farmacia y comprarla no es tan fácil en Venezuela. La ecuación se complica primero por un simple problema de transporte. No es fácil ir caminando a los sitios en Caracas. Si caminas en Caracas corres graves riesgos de sufrir un atraco, como mínimo. En este punto también las variables se complican en una amplia serie que va desde el secuestro pasando por la violación y la muerte. Lo más seguro es el coche y después de lejos el taxi. En este caso fuimos en el coche de Charly Vargas que en los últimos meses aparte de mi compañero se había convertido en mi chofer.

Otra de las complicaciones es el desabastecimiento. Hoy en día no es fácil encontrar los remedios en Venezuela, al menos en Caracas. Incluso el *primperan* que necesitaba Galván, un medicamento bastante común, estaba agotado en dos de las tres farmacias que visitamos.

El tercer problema era el precio de los medicamentos que con la inflación astronómica del país resultaban prohibitivos para la mayoría de los enfermos. Para resolver este problema Charly contaba con la tarjeta de crédito del periódico que se usaba sólo en casos extraordinarios. Podríamos decir que Galván nos concedió la entrevista bajo la premisa de que le compráramos las medicinas y así el gasto estaría más que justificado.

Después de dos horas y de Charly maldiciendo a los motorizados del tráfico caraqueño dejamos las medicinas con Galván y nos fuimos directo a la redacción.

Perozo

Recogí a Galván sobre las 1 pm. No fue difícil pinchar el teléfono de la pensión Covadonga. Tampoco fue difícil conseguir un taxi para la misión. Debíamos actuar rápido, Galván tenía billete para las 16:00 pm para el vuelo 0808 de *Iberia*. En el mostrador de la aerolínea estaría esperándonos un funcionario de la embajada con la documentación y el billete de Galván.

El poeta desorientado se dejó hacer. Metió en el maletero resignado el equipaje y se montó en el taxi casi sin saludar. Vamos al aeropuerto, por favor, me dijo. Correcto, le dije. Por el retrovisor le vi contando los últimos billetes de dólar que le quedaban, luego los volvió a guardar.

Se acaba la pesadilla señor Galván, espero que ese sea su deseo, le dije. Miró por el retrovisor directamente a mis ojos, dio un salto e intentó abrir la puerta que estaba bloqueada de antemano. Se incorporó un poco e intentó abalanzarse sobre mí. Su ataque duró el mismo tiempo que tardé en sacar el hierro. Era un nueve milímetros brillante. Galván dijo, me cago en la puta ¿qué vas hacer?

Arranqué por las calles de Caracas mientras le decía, nada amigo Galván, tranquilo que esto no va a terminar mal, sólo tenemos que hablar un poco de camino al aeropuerto, nada más. ¿Quién eres? me dijo, despatarrándose en el asiento de atrás. Soy casi un amigo, le dije. Puede llamarme agente Perozo y soy de los buenos, le dije. Sólo quiero volver, tengo un avión que sale pronto, me dijo. Ya lo sé, le dije, pero antes tenemos que hablar. ¿Qué quiere? me dijo. Quiero hablar de todo esto tan raro que le pasó. Empiece, me dijo. Empecemos por el principio ¿Dice que la guardia le pegó? ¿Dice que los propios guardias lo robaron?, le dije mientras avanzábamos lento por el tráfico en hora punta de Caracas. Nunca dije eso, no me robó la guardia eso es seguro, me dijo. Sabe que hasta que no me declare que aquí no ha pasado nada no se puede ir, le dije. No es por nada, es que si en verdad le robaron tenemos que arreglar el asunto antes de que se vaya, le dije.

Galván cerró los ojos en el tráfico de Caracas.

#todossomosjuangalvan

Nadezka Álvarez @nadezkaal

@jgalvan enfermo y abandonado en Caracas nos contará la verdad en media hora en el @elnacional *#todossomosjuangalvan*

Aporrea @aporrea

Nos consta que @jgalvan se dirige al Aeropuerto Simón Bolívar y huye a España *#seacabolacomiquita*

Rojito @rojorevolucion

Contra los falsos poetas @jgavan y la falsa prensa @nadezkaal *#seacabolacomiquita*

Milagros Socorro @milagrosSocorro

El cambio es posible y necesario esperando las palabras de @jgalvan *#todossomosjuangalvan #narcorevolucion*

Galván

El interrogatorio duró lo mismo que el viaje al aeropuerto. Una vez en la Terminal Internacional me dejé llevar por Perozo. Él me condujo hacia el mostrador correspondiente. Ahí nos esperaba el funcionario de la embajada con los billetes y la documentación. Al final lo hemos arreglado señor Galván, me dijo con una sonrisa. Que tenga un buen regreso, me dijo.

Perozo siguió conduciéndome por los pasillos del aeropuerto. Pasamos los controles por una correa especial, Perozo decía en cada barrera «este viene conmigo lo mandamos a España» y todas las puertas se abrían. Llegamos a la sala vip del terminal internacional. Me condujo a una mesa y me dijo «espere aquí, puede comer y beber lo que quiera, invita el gobierno».

En la sala recién comenzaban a poner una mesa de quesos. Había una ristra de pasapalos típicos. Había por ejemplo una tarta de queso crema con pimentón agridulce por encima y esa mermelada creo que de fresa bañándolo todo. Éste era una de mis preferidos. También había triángulos de quesos frescos. En la mesa no había muchas chacinas, pero si paté puesto en una pequeña fuentecita, al lado de una fuente de mini salchichas con una fuentecita de salsa rosada casera.

Me levanté y me serví un *seven up,* mientras esperaba a Perozo.

No comió nada muchacho, me dijo al regresar. No estoy para comer, le dije. Lo sabemos, lo sentimos señor Galván, ahora tiene que firmarme estos papeles, es su declaración, es más o menos lo que vinimos hablando en el carro pero mejor expresado, no hace falta que lo lea, pero si quiere, me dijo.

Leí las cuatro páginas con los ojos muy apretados. Firmé y Perozo sonrió de oreja a oreja.

Nadezka

Terminé el artículo sobre las 6.30 pm. En él hablaba de todas las penurias del poeta. Estas penurias se evidenciaban sobre todo en el hecho de tener que ir a comprarle las medicinas a un hombre desamparado. Hablaba de la mala cara del poeta, refrendada por las fotos de Charly. Hablaba que gracias al periódico la salud del poeta podía ir hoy por buen camino. Alertaba también de los muchos peligros que aún rondaban al poeta, varado en una pensión en Caracas.

Copié algunos versos en varios destacados del artículo, versos que me chapurreó Galván casi sin querer. Hice otro par de destacados con el currículo del poeta-escritor. Puse enlaces a su editorial y a su plataforma de venta electrónica.

Escribí y seguí escribiendo desde el convencimiento de que la historia de Galván se diluía cada vez más en la nada.

Perozo

Acompañé al poeta hasta la puerta de embarque. Buen viaje poeta, le dije. Galván no me respondió y subió al avión. Al menos lo vi subir en ese brazo articulado directo al avión. El tiempo se ralentiza entonces en todos los aeropuertos. Los pasajeros buscan su asiento, las caras sonrientes de los sobrecargos, el acomodar las maletas y las valijas donde quepan, la incertidumbre del compañero de viaje. Ese pequeño instante del viaje en el que el avión está aún en tierra es el que se hace más largo.

Me senté en la sala de espera viendo el avión de Galván. Cómo llega cada una de las maletas a su sitio en la barriga del avión fue siempre para mí un misterio. Sigue siendo un misterio aunque veo a lo lejos esos pequeños hombres con sus cochecitos metiendo a contrarreloj todo el equipaje.

Saqué de mi maletín uno de los libros de Galván. Al menos de su editorial. *Mapas Imprecisos* era el título.

Comencé a leer lentamente mientras el avión se perdía en la pista.

#todossomosjuangalvan

Nadezka Álvarez @nadezkaal

@elnacional con @jgalvan *#todossomosjuangalvan* comprando las medicinas a un poeta enfermo y sin dinero

Aporrea @aporrea

Adiós @jgalvan el poeta les salió rana *#seacabolacomiquita*

Rojito @rojorevolucion

Confirmado @jgavan huye a Sevilla *#seacabolacomiquita*

Milagros Socorro @milagrosSocorro

Con o sin @jgalvan la lucha sigue *#todossomosjuangalvan* *#narco-revolucion*

FIN

ÍNDICE

Made in United States
North Haven, CT
10 November 2026

22084233R00088